ベリーズ文庫

ワケあって本日より、住み込みで花嫁修業することになりました。

田崎くるみ

JN177955

STARTS
スターツ出版株式会社

目次

ワケあって本日より、住み込みで花嫁修業することになりました。

婚約者、現れました …… 6
住み込みで花嫁修業始めました …… 41
初デートで彼の本音に触れて …… 58
初めてのケンカ …… 98
仲直りにはとびっきり甘いキスをしましょう …… 132
彼の秘密に触れた時―― …… 160
届けたい気持ちなんです …… 197
好き？　嫉妬？　この感情は？［謙信ＳＩＤＥ］ …… 207
婚約に隠された悲しい秘密 …… 230
未来は自分で切り開くもの …… 263
好きって気持ち …… 285

本日より、花嫁修業始めました……298

特別書き下ろし番外編

プロポーズ大作戦［謙信ＳＩＤＥ］……306
母親修業、始めました……313
あとがき……328

ワケあって本日より、住み込みで
花嫁修業することになりました。

「なぁ、花嫁修業がどういうことか……お前、ちゃんとわかってる?」

壁際に追いやられ、ジリジリと距離を縮められていく。

どうしてこんな状況に陥ってしまっているのか。誰か教えていただけませんか?

＊＊＊

朝の五時半。目覚まし時計をセットせずとも、必ずこの時間に目が覚めるようになって、どれくらい経つだろうか。

布団《ふとん》を畳《たた》み、顔を洗って着替えを済《す》ませ、背中まである髪を後ろでひとつに束ねながら台所へと向かう。

築七十年になる昔ながらの日本家屋は、廊下や縁側を歩くと、ギシギシと音がする。小さい頃は、夜に聞くたびに怖かったけれど、今はその音が心地よく感じる。夏でもひんやりする台所に入り、エプロンをつけて早速、朝食の準備に取りかかった。

私、桐ケ谷《きりがや》すみれの一日は実に規則正しい。それは一緒に暮らしている、育ての親でもあるおじいちゃんの影響かもしれない。

冷蔵庫の中を確認し、朝ご飯のメニューを考えること数十秒。今日は玉ねぎとじゃがいも、豆腐の味噌汁《みそしる》に焼鮭、厚焼き玉子に、作っておいた白菜の漬物にしよう。

まずは出汁《だし》を取り、味噌汁を作り始める。その間に鮭を焼き、厚焼き玉子を作っていると、広い台所に次第に美味《おい》しそうな匂いが漂い始めた。

「あ、そろそろかな」

おじいちゃんお気に入りの、老舗《しにせ》のお茶屋さんの茶葉を急須に入れ、ポットのお湯を注ぐ。そしてお盆に湯呑《ゆのみ》を乗せて、茶の間へと向かった。

すると庭で朝のラジオ体操を終えた、今年七十五歳になるおじいちゃんが茶の間にやってきた。

「おはよう、おじいちゃん。朝の体操お疲れさま」

「おう、悪いな」

私が淹《い》れたての熱いお茶を出すと、おじいちゃんはそれを美味しそうに飲みながら新聞を読み始めた。

私は立ち上がって台所に戻り、でき上がった朝食をお盆に乗せて茶の間へと運んでいく。

物心がついた頃から私は、この広い家におじいちゃんとふたりで暮らしている。

家族の反対を押し切り、駆け落ち同然で結婚した両親は私が二歳の時、事故で亡くなった。戸籍を辿って警察からおじいちゃんに両親の訃報《ふほう》が届き、そこでおじいちゃんは初めて私の存在を知った。

葬儀などすべておじいちゃんが執《と》り行い、ふたり一緒に埋葬してくれた。その間、私は一ヵ月間だけ施設でお世話になり、その後、正式におじいちゃんに引き取られた。おじいちゃんは、お母さんが家を出てからずっと行方を捜していたそうだ。早くにおばあちゃんを亡くしていたおじいちゃんは、男手ひとつで私をここまで育ててくれたんだ。

この家は、明治時代から代々続く華道の家元。おじいちゃんは桐ケ谷流の当主として、メディアにも多く出演しているちょっとした有名人だ。

私も幼い頃から華道に関する様々な作法や技術を、おじいちゃんから伝授されてきた。花を生けるのは好き。けれど私は、おじいちゃんと同じ道を進む未来を選択しなかった。私には才能がないと思うし、桐ケ谷流の後継者には叔父《おじ》さんがいる。

何より他人と交流するのが苦手だし、うまくコミュニケーションを取ることができないから。

「ところですみれ、やはり今年の誕生日も、じいちゃんと一緒に過ごすことになりそうかの」

私の様子を窺《うかが》いながら朝食中にさりげなく聞かれ、ギクリと身体が反応してしまった。

そんな私を見て、おじいちゃんは大きなため息を漏《も》らす。

「そうか……では今年もじいちゃんが、ごちそうとプレゼントを用意して盛大に祝ってやろう」

「うん、ありがとう」

今日、七月一日は私の二十三回目の誕生日。

両親が亡くなってから、おじいちゃんが祝ってくれている。それは毎年ずっと。

片づけを済ませて身支度を整えると、そろそろ家を出ないといけない時間だ。

通勤バッグを片手に、おじいちゃんが生けた金糸梅《きんしばい》の香りが漂う玄関へ向かうと、おじいちゃんが見送りに来てくれた。

「それじゃ、いってきます」

「気をつけてな」

ガラガラと音をたてて引き戸を開けて外に出ると、雲ひとつない澄み切った青空が広がっている。

カラッと晴れていて気分も晴れやかになるところだけれど、一歩家の外に出ると毎朝のことながら気分は重くなる。

二歳の時から、ずっとおじいちゃんに育てられてきた私の幼い頃の遊びといえば、おじいちゃんの趣味でもある落語や詩吟《しぎん》、百人一首だった。

それが私にとって当たり前だったけれど、周りの友達は違っていて、私は浮いた存在だった。

それでも私は、おじいちゃんに教えてもらった遊びが好きだったし、唯一、私の遊びに付き合ってくれるお兄ちゃん――おじいちゃんのお弟子さんのひとり、氷室《ひむろ》さんのお子さん――がいたから、さほど気にしていなかった。

周りとは価値観が違う。それに気づいたのは、小学四年生の時だった。この頃になると、女子ははっきりグループができ上がり、男子とはあまり話さなくなっていった。

そうなると私はますます浮いた存在になり、クラスメイトのひとりに言われたんだ。『すみれちゃんって、変だよね』って。

その日を境に皆から無視され、悪口を言われるようになった。『家がお金持ちだから、お高くとまっているんだよ』なんて心ないことを言われ、両親がいないことも噂されたりした。だから、学校へ行くのが次第に苦痛になっていった。

そんな私の変化に気づいたおじいちゃんの勧めで、大学までエスカレーター式で上がれる女子校の小学校へ転入したものの……。

つらい記憶はトラウマとなり、声をかけられてもなんて答えればいいのかわからず、人と話すのが苦手になってしまった。

変なことを言ったら、また悪口を言われるかもしれない。そう思うと、クラスメイトと話すことが怖くて、返事をするだけで精いっぱいだった。

幸い新しい学校ではいじめられることはなかったけれど、大学を卒業するまで私には親しい友人がいたことがない。それは社会人になった今も同じ。

就職した先は、氷室さんの旦那《だんな》さんが社長を務めている会社。家具・インテリアの輸入販売をしていて、急成長を遂げている会社だ。

はっきり言ってコネ入社。就職活動は惨敗に終わり、見かねた氷室さんが旦那さんにかけ合ってくれたのだ。

都内のオフィス街にある、三十五階建ての商業ビル。その二十三階から二十五階が、私の勤めている会社のオフィスになっている。

私は二十四階にある、総務部経理課に所属している。経理課の社員三十名のうち、大半は女性で、女子大上がりで男性に免疫がない私にとっては少し安心できる職場。

それに大学時代に、簿記やパソコン関連の資格を取得しておいたおかげで、まだ入社して約三ヵ月だけれど、それなりに仕事はデキるようになってきたと思う。問題なのは昔と変わらずただひとつ。人間関係だった。

「桐ケ谷さん、いつも仕事が早くて助かるわ。どうもありがとう」

「いっ……いいえ」

いつもの時間に出勤し、午前の業務が始まって一時間。昨日仕上げた請求書の最終チェックをしてから、指導係である綾瀬沙穂《あやせさほ》さんに提出したのだけど……。ふたつ上の先輩、綾瀬さんがせっかくにこやかに話しかけてくれているのに、返事をするだけでいっぱいいっぱい。

「えっと……じゃあ次は、これお願いね」

次の仕事を受け取り、頭を下げて自分の席に早歩きで戻る。けれど椅子に腰掛けた瞬間、後悔の波に襲われる。

綾瀬さんは気さくな人で、配属当時から指導係として仕事以外のことでも、何かと声をかけてくれている。

きっと、私が早く馴染《なじ》めるように気遣ってくれているんだと思う。それなのに私は、いつもまともに目を見て話すことができない。

もういい加減、トラウマを断ち切るべきだって充分わかっている。けれど幼い頃の記憶は鮮明に残っていて、『また同じ思いをしたら……?』って考えると、怖くてうまく話せなくなる。ずっとその繰り返しだ。

仮採用期間の三ヵ月を過ぎ、やっと正規雇用されたんだから、『社会人として一歩踏み出すべき!』って毎日意気込んではいるけれど、そう簡単にできるわけがない。だから、せめて仕事だけはしっかりやりたい。その思いで毎日業務に当たっていた。


昼休みに入ると、先輩たちはそれぞれ同じビル内の飲食店へ繰り出す。

私はというと、朝に自分で作ったお弁当を、オフィスでひとり寂しく食べ終えた。

顔の前で小さく手を合わせ、お弁当箱を片づけていく。

昼食を持参してくるのは、私と五十歳になる部長だけ。

部長は物静かな人で、昼休み中も新聞を読みながら食べているから、ふたりっきりでも話す必要がなくて助かっている。

時計を見ると、昼休みも残り半分。この時間ならトイレはいつも空《す》いているから、さっさと行っちゃおう。

入社したての頃、昼休みギリギリにトイレに行ったら、そこは先輩たちの憩《いこ》いの場と化していた。

洗面台の前で化粧直しをしながら、井戸端会議を繰り広げていて、洗面台を使うのに躊躇《ちゅうちょ》した。

だから、今は先輩たちが利用していない時間を見計らって、行くようにしている。

オフィスを出て人気《ひとけ》の少ない廊下を歩いていると、ひと際目を引く人物を視界が捕らえる。

コツン、コツンと革靴を鳴らし、凛《りん》と背筋を伸ばしてまっすぐ向かってくる人物。すれ違う社員は、皆頭を下げる。それもそのはず、彼は社長のひとり息子であり、二十八歳にして我が社の専務でもあるのだから。

身長百八十センチ。スラッと伸びた手足に広い肩幅、パリッと仕立てのよいスーツを着こなしている。黒の短髪をいつもワックスでセットしていて、いかにも仕事がデキる雰囲気を醸《かも》しているのは、氷室謙信《けんしん》。

海外メーカーの商品を扱うことが多い我が社では、語学が堪能な社員も多い。その中でも、彼は英語にフランス語、ドイツ語、中国語も話せて、巧みな話術で次々と商談をまとめてくる。

そんな彼は私の幼馴染みで初恋の人でもあり、今でも密かに想いを寄せている相手だったりする。

相変わらずカッコいい彼に見とれて立ち尽くしていると、私に気づいた謙信くんは顔を綻《ほころ》ばせて近づいてきた。

「ちょうどよかった。今、経理課に行こうと思ってたんだ」

私の目の前で立ち止まると、彼は手にしていた紙袋を私に差し出した。

「これは……？」

紙袋と謙信くんを交互に見ていると、彼はクスリと笑みをこぼす。

「プレゼントだよ。今日はすみれの誕生日だろ？」

「……覚えていてくれたの？」

「もちろん。毎年渡しているだろ？」

「そうだけど……」

幼い頃から、誕生日には毎年プレゼントをもらっていたけれど、まさか社会人になってからも、もらえるとは思わなかったから。

「ありがとう」

嬉しくて笑顔で受け取ると、謙信くんもつられるように笑って「どういたしまして」と言う。

伸びてきた大きな手が、私の頭をポンと撫《な》でた。

それだけで心臓が飛び跳ねる。

「プレゼントは帰ってから見ろよ」

「う、うん」

トクン、トクンと高鳴る胸の鼓動《こどう》。いつもそう、彼に触れられるたびに顔をまともに見られなくなる。

「じゃあな」

最後にもう一度私の頭に触れると、彼は来た道を戻っていった。

大きな背中を見つめたまま、受け取った紙袋を持つ手の力が強まる。

おじいちゃんが自宅で開く華道教室に、いつもお母さんと一緒に訪れていた謙信くんとは、いつの間にか仲良しになっていた。

同級生とは違い、私の遊びに付き合ってくれて、可愛がってくれる大好きなお兄ちゃん的存在だった。それが恋心に変わったのは、小学五年生の時。

クラスメイトからいじめられて帰ってきた私を、何も言わずに抱きしめてくれて……私はその胸でワンワン泣いた。

転校してからも、新しい環境に慣れない私をいつも優しく励まし、支えてくれた。

そんな謙信くんを好きになるのは、必然だったのかもしれない。人と話すのが苦手な私にとって、普通に話せるのはおじいちゃん以外では謙信くんだけだったから、特別な存在になっていったんだ。

十一歳の私から見たら、十六歳の謙信くんは大人だった。

そんな彼に釣り合う女の子になりたくて、大人っぽく振る舞ったり、髪型を変えてみたり。子供ながらに精いっぱい努力していたと思う。

けれど、私の想いは届くことはなかった。謙信くんにとって、私は妹のような存在だったから。可愛がってくれるのも、心配してくれるのも、優しくしてくれるのも全部そう。それは今も変わらないと思う。

そのことに気づいたのは、私が小学六年生の時だった。

謙信くんが同じ学校の制服を着た女の人と、手を繋《つな》いで楽しそうに話しながら歩く姿を見て、すぐに理解できた。ふたりは付き合っているんだ、って。

告白もできないまま、初恋は終わったはずだったんだけど、そう簡単に気持ちを消すことはできなかった。

幼馴染みとして何かと気にかけてくれて、毎年誕生日やクリスマスにはプレゼントを贈ってくれるから。それに食事にも頻繁に誘ってくれるし、家族ぐるみで会うこともしばしば。入社後も社内で会えば、『仕事には慣れたか?』って話しかけてくれる。

それはすべて、幼馴染みだからこその特権なんだろうな。

そのたびに嬉しくて幸せな気持ちになれて、『あぁ、やっぱり私は謙信くんのことが好きだ』って思い知らされちゃうんだ。

この会社に入社を決めたのだって、就職活動が惨敗だったことはもちろんだけど、何より謙信くんが専務を務める会社だったから。

だけど、今思えば入社するべきではなかったのかもしれない。大学生の頃は、月に一度会えればいいほうだった。でも、今は違う。

社内ですれ違うことが度々あって、会うたびに優しく声をかけてくれる。

おかげで好きって気持ちは、ますます膨れ上がるばかり。

昔から謙信くんはモテていたけれど、それは社会人になっても変わらない。そして、彼女が次々と変わるのも。入社して三ヵ月、秘書課の子と付き合っているとか、別れたとか。今度は、営業の子と付き合い始めたとか……。

そんな噂話《うわさ》が飛び交っている。

私の知っている限り、彼と一年以上付き合った相手はいないと思う。

それなのに、私は一度も彼の恋愛対象になったことはない。今もずっと幼馴染みで、妹のような存在だと思う。

「今日で二十三歳になったんだけど、な」

ポツリと漏れた本音。

私はこの先いくつ歳を取っても、彼の恋愛対象にはなれないのかもしれない。だからこそ、そばにいられるのかもしれないけれど、切なくなるばかりだった。


「お先に失礼します」

「お疲れさま」

新人の私には残業するほど任されている作業はなく、いつも定時で仕事を終え、オフィスをあとにする。

外に出ると、歩道はたくさんの人で溢《あふ》れていた。

三ヵ月も経てば、朝や帰りの満員電車にも慣れてきたけれど、やっぱり憂鬱《ゆううつ》になる。

それでも頑張ってギュウギュウ詰めの満員電車に乗り、家に着いた。

「おじいちゃん、ただいま」

「お帰り、すみれ」

昔からずっと、おじいちゃんは私が帰宅すると玄関で出迎えてくれる。

学校でつらいことがあっても、おじいちゃんの笑顔を見るとホッとしちゃうのは今も同じ。

「今日はじいちゃんがご飯の用意をするからな。すみれはゆっくりしていなさい」

「ありがとう、おじいちゃん」

いつも朝と夜の食事は私が用意しているけれど、平日のおじいちゃんの昼食と家の掃除は、お手伝いさんにお願いしている。

だけど、誕生日の夕食だけは、毎年おじいちゃんが作ってくれる。

今日はどんな料理を作ってくれるのか楽しみにしながら、部屋で着替えを済ませ、向かった先は仏間。仏壇の前で両親に手を合わせた。

両親の記憶は私にはなく、残っている写真の中のふたりしか知らない。でも、どの写真もふたりは笑っていて、私を囲んで幸せそうに写っている。

きっと私は、ふたりにすごく愛されていたんだと思う。

「お父さん、お母さん……私、二十三歳になったよ」

誕生日を迎えるたびに、いつも想像してきた。『生きていたら、ふたりはどんな言葉をかけてくれたかな？』『喜んでくれたかな？』って。

けれど今の私を見たら、ふたりは悲しむよね。この歳になっても、人と関わるのが苦手で友達もいないのだから。

仏壇に飾られているふたりの写真を眺めていると、茶の間から私を呼ぶおじいちゃんの声が聞こえてきた。

「すみれ〜、できたぞ」

「はーい、今行く」

せっかく、おじいちゃんがお祝いしてくれるんだもの。しんみりするのは、もう終わり。

気持ちを入れ替えて茶の間に向かうと、テーブルの上にはケーキをはじめ、私の大好きなおじいちゃんお手製のちらし寿司《ずし》や、魚の煮つけ、煮物、茶碗蒸しが並べられていた。

「うわぁ、すごい」

「そうだろう？　昼間から仕込んでおいたからな」

「でも、この量はふたりではちょっと多くない？」

お腹はペコペコだけど、さすがにこの量はちょっと……。

するとなぜか、おじいちゃんはニッコリ笑った。

「当たり前だ。ふたりで食べるんじゃないんじゃから」

「……え、誰か来るの？」

キョトンとする私に、おじいちゃんは驚いた様子で首を傾《かし》げた。

「何を言っておるんじゃ？　こんなめでたい日に。それに、今日はすみれと一緒に来るものだとばかり思っておったのに。……どうやら遅くなるようじゃから、冷めないうちに先に食べよう」

「う、うん……」

箸《はし》を渡され、おじいちゃんに「誕生日おめでとう」と祝福されたものの、さっきのことが気になる。

「どうしたんじゃ、早く食べよう」

「うん、いただきます」

完全に聞くタイミングを失い、手を合わせておじいちゃんが作った美味しい料理を食べ進めていく。

でも、本当に誰が来るんだろう。もしかして叔父さんとか？　プレゼントは毎年、誕生日の前後に持ってきてくれるけれど、叔父さんはいつも『せっかくの家族水入らずを邪魔しちゃ悪いから』と気遣って、誕生日当日には来たことがない。

毎年私の誕生日は、おじいちゃんとふたりっきりだった。

それなのに、どうして今年は誰かを招待したんだろう。

その理由は相手が来ればわかるはず。なのに、その人物は一向に来る気配がなく、おじいちゃんが作ってくれた料理で私のお腹はもうパンパンになった。

「おじいちゃん、ごちそうさまでした。どれもすごく美味しかった」

「それはよかった」

私の話を聞いて、安堵《あんど》するおじいちゃん。

「残りはラップしておくか。そのうち来るとは思うが……」

ボソッと呟《つぶや》きながら立ち上がると、おじいちゃんは台所へラップを取りに行ってしまった。

「あ……っ」

今、聞けばよかった。『誰が来るの?』って。食事中はずっとおじいちゃんが話していて、聞ける雰囲気じゃなかったから。

でも、さっき私と一緒に来ると思っていたって言ってたよね? そんな人、謙信くんしか思い当たらないんだけど……。

「いやいや！　謙信くんには今日、プレゼントもらったし」

それなのに、わざわざ家にまでお祝いに来てくれるとは考えられない。それじゃ、本当に一体誰なんだろう。

考え込んでいると、ラップを手にしたおじいちゃんが戻ってきた。

「これでよし……と」

手早くあまった料理にラップをかけると、なぜかおじいちゃんは再び立ち上がった。

「すみれ、ちょっと来なさい」

「え？」

いつになく真剣な面持ちで言うと、茶の間から出ていくおじいちゃん。

「あ、待って」

私も立ち上がってあとを追うものの、戸惑《とまど》いを隠せない。

どうしたんだろう、急に。それに、様子もいつもと違う。

おじいちゃんが向かった先は空《あ》き部屋で、今は荷物の置き場所となっているところ。

「ここに何かあるの？」

普段、滅多に足を踏み入れない部屋だからか、少しだけ埃っぽい。換気しようと思い、窓を開けている間に、おじいちゃんは茶箪笥《ちゃだんす》の中から古い小さな箱を取り出した。

「すみれ、座りなさい」

表情が硬く、いつもと声色が違うおじいちゃんに緊張が走る。

「……う、ん」

ただならぬ雰囲気に息を呑み、言われるがままおじいちゃんと向かい合うかたちで座る。

すると、おじいちゃんはその小さな箱を私に渡した。

「これは……？」

首を傾げると、おじいちゃんは懐かしむように箱を見つめながら言った。

「これはな……すみれの母さんが結婚する時に、ばあさんが渡そうと思っていた物なんだ」

「え……おばあちゃんがお母さんに？」

おばあちゃんは、お母さんとお父さんが結婚する前に亡くなったと聞いている。だから私は、おじいちゃんに見せてもらった写真の中のおばあちゃんしか知らない。

「開けてもいい？」

「もちろん」

渡された箱を開けると、中には真珠のイヤリングが入っていた。

「ばあさんも母親から譲《ゆず》り受けた物なんだ。それを結婚式につけておった」

そう、だったんだ。そんな大切な物だもの、おばあちゃん、お母さんにプレゼントするのを楽しみにしてたよね？

「わしが結婚に反対しなければ、お前の両親は今も生きておったかもしれん。……このイヤリングをつけて、幸せな結婚式を挙げておっただろう」

「おじいちゃん……」

おじいちゃんはおばあちゃんを亡くしたからこそ、お母さんにはしっかりした相手と結婚して幸せになってほしかったそうだ。でも、お父さんは身寄りもなく、バイトをかけ持ちしながら小説家になる夢を追っている人だった。

おじいちゃんに大反対されたふたりは、駆け落ちして結婚。

そして私が生まれたわけだけど、おじいちゃんは今もずっと後悔している。ふたりの結婚に反対したことを。

おじいちゃんはおばあちゃんの分まで、お母さんの幸せを願っていたはず。このイヤリングだって、渡したかったよね。

おじいちゃんの気持ちを考えると、胸が痛い。

「『娘が結婚する時にこのイヤリングを渡したい』というばあさんの願いも、叶えてやることはできんかった。だからこそ、すみれにもらってほしいんだ。……これが、わしからの誕生日プレゼントじゃ」

イヤリングからおじいちゃんへ視線を移すと、なぜかおじいちゃんは目を潤《うる》ませていた。

「ばあさんも、そしてすみれの母さんも、天国で喜んでいるだろう。こんなに早く嫁のもらい手が見つかったのだから」

「……え」

頭の中は、ハテナマークで埋《う》め尽くされていく。

おじいちゃんってば何を言っているの？『嫁のもらい手が見つかった』って……何かの冗談でしょ？

「や、やだなおじいちゃん、私にそんな相手がいるわけないじゃない。虚《むな》しくなるようなこと言わないで」

乾いた笑いが出てしまう。友達はもちろん、恋人だっていたことがない。そんな私に結婚相手だなんて。

なのにおじいちゃんは、キョトンとしちゃっている。

「何を言っておる。隠すことないだろう?」

「隠すって何を?」

話が全く見えない。

お互いの会話が噛《か》み合わず、おじいちゃんも困惑している。

「一体どういうことじゃ? 聞いておった話と違うじゃないか……」

顎に手を当て、ブツブツと呟くおじいちゃんにたまらず尋ねた。

「おじいちゃん、最初から話してくれる? 何がなんだかわからなくて……」

「それは俺から話すよ」

突然聞こえてきた声に驚き、肩をすくめてしまう。

「じいさん悪い、遅くなった」

そう言いながら部屋に入ってきたのは、謙信くんだった。

え……どうして謙信くんが家に?

「本当じゃ。せっかく食事を用意したというのに、すっかり冷めてしまったぞ」

「あとでちゃんといただくよ」

戸惑う私をよそに、謙信くんは私の隣に腰を下ろし、おじいちゃんと話を繰り広げていく。

「それに、どういうことじゃ？　謙信から、すみれに話すと言っておったのに」

「仕方ないだろ？　会社でするような話じゃないし。もっと早く来て、すみれに伝えるつもりだったんだ」

彼に切れ長の瞳を向けられ、ドキッとする。いまだに頭の中はパニック状態だけれど、胸の鼓動は早鐘を打ち続けている。

見つめられて視線を逸《そ》らせずにいると、謙信くんは口角を上げて微笑《ほほえ》んだ。

「すみれ、会社では言えなくてごめん。……誕生日おめでとう」

「あっ……ありがとう」

面と向かって言われると気恥ずかしくなり、目が泳ぐ。

「プレゼントは、もう見てくれた？」

「ごめっ……まだ見ていなくて」

謙信くんからもらったプレゼント、寝る前に開けようと思っていたから、まだ見ていない。

「そっか。……すみれの部屋にあるの？」

「うん、そうだけど……」

すると謙信くんは、晴れやかに笑った。

「じゃあ行こうか」

「えっ、行くって……私の部屋に？」

ギョッとする私の手を取り、立ち上がった彼。

「じいさん、ちょっと待ってて。すみれに話してくるから。それから食事をいただくよ。それと、今後のこともその時に」

『今後のこと』って何？

頭の中はますます混乱していく。

「わかった。すみれにしっかり話してこい」

「あぁ、わかってる。行こう、すみれ」

混乱する私は謙信くんに手を引かれ、おじいちゃんを残して部屋をあとにした。

「すみれの部屋、昔と変わってない？」

「う、うん」

「了解」

顔だけ振り返ってニッと白い歯を覗《のぞ》かせると、謙信くんは私の部屋へとまっすぐ歩を進めていく。

昔は謙信くんに、こうやって手を繋いでもらえたら嬉しくて安心できたのに、今はドキドキして仕方ない。

でも、謙信くんは私と手を繋いでいることに対して、なんとも思っていないんだろうな。昔と同じ感覚なのかもしれない。

それにしても謙信くんが家に来るのは、いつぶりだろうか。思い出せないほど月日が経っているのは確か。

それなのに覚えているんだ、私の部屋がどこにあるのかを。

そう思うと、胸の奥からじんわりと温かいものが溢れだす。

どうして謙信くんが家に来たのか、どうして私の部屋に向かっているのか。さっきおじいちゃんと話していたことが気になるのに、胸がいっぱいで聞けそうにない。彼の大きな背中を見ると余計に。

庭が見渡せる縁側を通り過ぎ、あっという間に私の部屋の前に着くと、謙信くんは足を止めた。

「さすがに女の子の部屋に俺から入るわけにはいかないから、すみれが先に入って」

「あ、うん……」

こういう優しくて気遣いができるところ、昔から変わっていない。

つかまれていた手を離され、部屋の扉を開けて謙信くんを部屋に招き入れた。

「どうぞ」

「お邪魔します」

クスッと笑みをこぼし、謙信くんは私の部屋の中に足を踏み入れた。

いつも部屋は綺麗《きれい》にしているけれど、心配になりキョロキョロと見回してしまう。

散らかったりしていないよね？　片づけ忘れている物とか。

ひと通り部屋の中を見回した謙信くんが向かった先は、プレゼントが置いてある机。

彼はプレゼントを手にすると、私に差し出した。

「いろいろと聞きたいことがあると思うけど、まずはこれを開けてくれる？」

「……うん」

言われるがまま受け取り、袋から出してラッピングされた包みを開けていく。

それは小さな箱だった。

「これは……？」

箱と謙信くんを交互に見ると、彼は「開けて」と促してくる。

ゆっくりと箱の蓋《ふた》を開けると、中にはダイヤモンドがあしらわれた指輪があった。

キラキラ眩《まぶ》しくて、誕生日プレゼントとして受け取るにはあまりにも高価で、思わず蓋を閉めてしまった。

「なんで閉めるの？」

私の行動を見て可笑しそうに笑う謙信くんに、慌てふためく。

「だっ、だって……！　いつもの誕生日プレゼントとは違うし、それに……」

言葉に詰まる。

謙信くんからアクセサリー類をプレゼントされたことなんて、一度もなかった。

それなのにどうして？

すると謙信くんは、指輪の箱を持つ私の手を包み込むように握ってきた。

その瞬間、トクンと鳴る胸の鼓動。

顔を上げると、私をまっすぐ見つめていた彼の瞳に、自分の戸惑う顔が映る。

「謙信……くん？」

声が震《ふる》える。それほど、今の私には余裕がない。

心臓の音がバクバクと響く中、謙信くんは耳を疑うようなことを言った。

「結婚しようか」

「えっ？」

結婚……？　夢にも思わないワードに、頭の中がフリーズしてしまう。

そんな私に、彼は繰り返して言う。

「すみれ、俺と結婚しよう」

「……っ」

二度言われれば、聞き間違いじゃないんだって理解できる。けれど、疑問は次から次へと浮かんでくる。

「結婚って……どうして私と？　それに、こんな急に……」

私は、謙信くんのことがずっと好きだった。でも、謙信くんは違うでしょ？　私のことなんて好きじゃないはず。なのに、どうして結婚しようだなんて言うの？

混乱しながらも尋ねると、謙信くんは私の手を握りしめたまま探るような目を向けてきた。

「じいさんから、まだ何も聞いていない？」

問いかけに大きく頷《うなず》く。聞こうとした時に、タイミングよく謙信くんが来たから。

「そうか。……話すと長くなるんだけど、要するに世間一般的に言うと、政略結婚みたいなものかな」

「政略……結婚？」

目を瞬《またた》かせる私に、謙信くんは淡々と話していく。

「そう。うちの両親が、最近やたらと『結婚しろ』ってうるさくて。見合い話を持ちかけられても、気乗りしなくて理由つけて断っていたんだ。そうしたら、見かねた母さんがじいさんに相談したみたいでさ。だったらすみれと……ってなったわけ」

な、『なったわけ』って言われても、『わかったよ』とすぐに納得できるわけがない。

「謙信くん、お見合いに気乗りしなかったってことは、結婚に対してもそうじゃないの？」

たまらず聞くと、謙信くんは声を弾《はず》ませた。

「さすがすみれ。俺のこと、よくわかってるじゃないか」

「だっ、だったら、どうして私と……？」

そうだよ、結婚に乗り気じゃないのに、どうして私にプロポーズなんてしてくれたの？

読めない彼の真意が知りたくて、ジッと見つめる。

すると謙信くんは、私の手を握る力を強めた。

「それはもちろん、すみれだからだよ。……すみれとだったら、結婚したいって思えたから」

甘い瞳で囁《ささや》かれたストレートな言葉に、胸がギュッと締めつけられる。

謙信くんがどんな気持ちで言ったのかわからないけど、好きな人に『すみれとだったら、結婚したいって思えた』なんて言われて、嬉しくならない人なんていない。

「それにこの結婚には、俺にとってもすみれにとっても、メリットがあるだろ？」

「え……メリット？」

どういう意味？

聞き返すと、謙信くんは私の手の中にある箱を取りながら話してくれた。

「すみれは俺やじいさん以外とは、うまく話せないだろ？　でも俺と結婚したら、妻として社交場に頻繁に出入りするようになる。そうなったら、人と話すのが苦手なことも、克服できるんじゃないか？　嫌でも、たくさんの人間と付き合わなくてはいけなくなるから。……それをじいさんも期待していた」

返す言葉が見つからない。ずっと、『このままではいけない』って思ってきた。けれどいつまで経っても、私は人と付き合うのが苦手なまま。おじいちゃんに心配かけていることも知っている。

さっきまでドキドキしていたのに、今はズキズキと胸が痛む。

「それに、俺にとってもメリットがある。両親がお気に入りのすみれと結婚したら、ふたりとも喜ぶだろうし、すみれとはずっと昔から気心が知れている仲だ。お互い、気兼ねなく暮らしていけると思わないか？」

「それは……そうだけど」

正論とばかりに真面目な顔で畳みかけてくる彼に、心がゆらゆらと大きく揺れる。

だって結婚だよ？　そんな理由で決めちゃってもいいの？

話を聞いていると、彼は私が好きで結婚を決めたとは思えない。謙信くんは好きじゃない私と結婚しても、平気なの？

喉元《のど》まで出かかった言葉は、なかなか出てきてくれない。だって聞くのが怖いから。答えなんてわかっている。謙信くんはただ単に、私といるのが楽だから結婚してもいい、って思っただけなんじゃないかな？

それを本人の口から聞くのはつらい。私はずっと、謙信くんのことが好きで、できればこの先の未来も、そばにいたいと思っているから。

なんて言ったらいいのか困っていると、彼は箱の中から指輪を手に取った。

「きっと、うまくいくと思う。……それに結婚するからには、この先何があってもすみれのこと、全力で守っていくから」

「謙信くん……」

どうしよう、そんなことを言われたら錯覚しちゃうよ。謙信くんも私と同じ気持ちなのかもしれないって。

胸が苦しい。彼の言葉は嬉しくて、そして悲しくもあるから。

謙信くんは私の左手を取ると、眉尻を下げて申し訳なさそうに言う。

「いきなり結婚って言われても、困るよな？　すみれにとっても俺は、幼馴染みってだけだろうし」

やっぱり謙信くんは、私の気持ちに気づいていないんだ。知られているのも困るけど、全く気づかれていないのも切ない。

「だから、まずは結婚を前提に付き合わないか？　婚約者として」

「……えっ、付き合う？」

思いがけない提案に聞き返すと、彼は頷いた。

「あぁ。俺たち、お互いのことを知っているつもりでも、知らないことも多いと思うんだ。……だからまずは婚約者として、お互いのことを知ることから始めないか？　さっきも言ったけど、結婚を前提として」

瞬《まばた》きすることも忘れ、彼の言葉が頭の中で繰り返される。

結婚を前提に？　謙信くんが私の婚約者？

急な展開に、さっきからついていけない。……でも、謙信くんは冗談で言っているわけじゃないとわかる。好きな人からプロポーズされたんだもの、嬉しくないわけがない。けれど手放しで喜べないのは、謙信くんに気持ちがないから。

それなのに私、この話を受け入れちゃってもいいの？

迷ったまま、イエスともノーとも言えない。

それに気づいたのか、謙信くんはとろけてしまいそうなほど甘い顔で私を見つめた。

「俺……すみれのこと、幸せにする自信あるよ。俺だけは何があっても、この先もずっと、すみれの味方でいるから。……後悔させない」

あんなに揺れ動いていた心は、力強い瞳に打ち抜かれた。不安がないわけではない。……けれど今、彼の手を取らなかったら、私はいつか謙信くんのそばを離れなくちゃいけなくなると思う。

私が断ったら、謙信くんはこれからもお見合いを勧められるはず。そこで彼が気に入る人と出会い、そのまま結婚しちゃったら？

ただの幼馴染みでしかない私は、今までのようには彼に会えなくなる。気軽に話すこともできなくなるかもしれない。……それだけは、絶対に嫌だ。

最後に、恐る恐る謙信くんに尋ねた。

「謙信くんは……本当に私でいいの？」

すると彼は目を細め、すぐに答えた。「すみれがいいんだ」って。

そのひと言が私の背中を押した。私がいいって言ってくれた謙信くんの気持ちを信じてみようって。

左手薬指に、ゆっくりとはめられていく指輪。

その指輪に、謙信くんの長い指が触れた。

「これからよろしくな、婚約者として」

「……うん」

幼馴染みから一転、婚約者に。

この日の私の決断は、決して間違いじゃなかったって信じたい。

目の前で愛《いと》しそうに私を見つめる、ずっと大好きだった謙信くん。

彼の瞳を捕らえながら、いつまでもそばにいられますように……と強く願った。

住み込みで花嫁修業始めました

「じいさん、これ最高に美味《うま》い」

「そうだろう？　なんせ、昼間から仕込んでおいたからな」

あれから謙信くんと茶の間に戻ると、おじいちゃんが料理を温め直して待っていた。

謙信くんは、それを早速いただいているわけだけど……。

おじいちゃんの料理に舌鼓《したつづみ》を打つ彼の隣で、ふと見てしまうのは自分の左手薬指できらめく指輪。さっきのプロポーズは夢じゃないんだ、って教えてくれている。

私……本当に、謙信くんの婚約者になったんだよね？

指輪をはめてもらっても、いまだに信じられない。

でも、その相手である彼は隣にいる。それが現実だっていう何よりの証拠だよね？

それから食事を終えた謙信くんとおじいちゃんに、まるで子供のようにバースデーソングを歌ってもらった。二と三の形をしたろうそくの火を消すと、ふたりから温かな拍手を送られた。

歳を重ねるごとに、誕生日は照れ臭くなるばかりだったけど、それでもやっぱり誰かに祝ってもらえるのは嬉しい。それが大好きな謙信くんとおじいちゃんだから、なおさら。

切り分けたケーキを食べ終わる頃、おじいちゃんはコーヒーを啜《すす》りながら、ふと謙信くんに尋ねた。

「そういえば謙信、引っ越し先はもう決まっているんじゃろうな」

「あぁ、来週末から住めるように手配した」

えっ、引っ越し？

初めて聞く話に、思わず口を挟《はさ》む。

「謙信くん、引っ越すの？」

大学を卒業後、謙信くんは都内でひとり暮らしを始めた。私も引っ越しの際、手伝いで一度だけ訪れたことがあるけれど、ひとりで住むには充分すぎるほど広い部屋だったのを覚えている。

どうして引っ越しするのかな？

カップを手にしたまま小首を傾げる私に、謙信くんは目を瞬かせた。

「『引っ越すの？』って……なんだよ、すみれ。じいさんから聞いてないのか？」

「おじいちゃんから？」

そのまま視線をおじいちゃんへ向けると、彼はわざとらしく咳払《せき》いをした。

「すまん、すっかり忘れておった。……実はな、すみれ。この家もだいぶ古くなってきたところだし、ここらで修繕工事をしようと思っている」

「修繕工事？」

寝耳に水な話に、目を白黒させてしまう。

「あぁ。そろそろこの家も寿命じゃろ？」

そう言われると、思い当たる節はいくつもある。

古い日本家屋で、床は軋《きし》む箇所がたくさんあるし、戸も重くて所々開けるのが大変だ。それに、渡り廊下には、強い雨が降ると雨漏りしちゃうところがある。

歴史ある家だと言えば聞こえはいいけれど、おじいちゃんの言う通り、この家はもう寿命なのかもしれない。だけど、突然すぎない？

「工事はいつから始まるの？」

これから予定を組むのかな？　なんて思っていた私に、おじいちゃんは言いにくそうに言った。

「実は、来週の土曜日からだ」

「え！　来週⁉」

まさかの話に、ギョッとしてしまう。

そしておじいちゃんは、さらに驚くことを口にした。

「それから、じいちゃんは弟子の家で世話になる予定だ。家が使えなくなるからの。しばらくは、そこで華道教室を開くつもりじゃ。だが、さすがにふたりして世話になるわけにはいかん。だからすみれ、修繕工事が終わるまで、謙信のところに世話になってくれ」

「――え」

咄嗟《とっさ》に謙信くんを見ると、彼は爽やかな笑顔を見せた。

「そういうことだ、すみれ。一緒に暮らそう」

『一緒に暮らそう』って……嘘《うそ》でしょ⁉

まるでドラマや小説の世界のような、怒涛《どとう》の急展開。けれど、これはどうやら現実だったようだ。


連日片づけに追われ、あっという間に迎えた翌週の土曜日。

私の部屋の荷物は、引っ越し業者によって運び出されていた。

「どうじゃ、荷物のほうは大方片づいたか？」

「うん、どうにか……」

玄関先で、呆然《ぼうぜん》と立ち尽くす私の隣に立ったおじいちゃん。

私は午前中に、おじいちゃんは午後に引っ越しをし、その後すぐに工事が入る予定になっている。

誕生日から今日まで目まぐるしく過ぎていき、お互い引っ越しの準備や仕事、華道教室のことでなかなかゆっくり話す機会がなかったんだけど……。

「ねぇ、おじいちゃん……。私、本当に謙信くんと一緒に住まないとダメかな？」

「何を今さら」

うっ……。おじいちゃんの言うことはごもっともだ。引っ越し当日にこんなことを言いだしたのだから。——でも。

「その……いきなり婚約って言われて、さらに一緒に住めって言われても、まだ心の準備ができていなくて……」

しどろもどろになりながらも、本音を吐露《とろ》していく。

付き合ってもいない人にプロポーズされただけでも一大事なのに、そのうえ一緒に暮らすなんて……。

この数日間、謙信くんと暮らす生活を頭の中で何度も思い描こうとしたんだけど、想像さえできなかった。こんな状態で、これから本当にやっていけるか不安で仕方がない。

するとおじいちゃんは、なぜか不思議そうに私を見た。

「心の準備も何も……。すみれは嬉しくないのか？　子供の頃から謙信のことが好きだったんじゃろう？」

「……えっ⁉」

図星を突《つ》かれ、大きな声が出る。

「なんじゃ、じいちゃんが気づいていないとでも思っていたのか？　悪いが、孫の気持ちくらいお見通しじゃ」

得意げに話すおじいちゃんに、ずっと前から気づかれていたかと思うと、恥ずかしくて身体中が熱くなる。

「だから氷室くんから話を聞いた時は、すみれにとってもいい話だと思ったんじゃ。まぁ、謙信はなぁ……あの歳で本気の恋愛を知らないヤツじゃが、悪いヤツではない」

もしかして、おじいちゃんも気づいてる？　謙信くんが私に気持ちがないことを。

ジッとおじいちゃんを見つめてしまうと、フッと笑った。

「じゃが、そこはすみれの頑張り次第だと思わんか？」

「……私の頑張り次第？」

オウム返しすると、おじいちゃんは大きく頷いた。

「すみれは謙信のことが本気で好きなんだろう？　だったら、すみれが教えてやればいい。本気で人を好きになる気持ちが、どういったものなのかを」

「おじいちゃん……」

本気で人を好きになる気持ち……か。謙信くんは本当におじいちゃんの言う通り、誰かを本気で好きになったことはないのかな？　私が知っているだけでも、たくさんの人と付き合っていたはずなんだけど。

イマイチ信じられずにいると、おじいちゃんは話を続けた。

「それに、すみれにとってもいい機会じゃ。そろそろ、人並みに人間関係を築けるようになれ。……じいちゃんも、いつまでも生きていられるわけではない。自分に何かあった時、お前が今のままだったら、じいちゃんは心配で死んでも死に切れん」

「そんな……っ！　そんなこと言わないで」

おじいちゃんがいなくなることなんて、考えたくない。たったひとりの大切な家族なのに。

唇《くちびる》をギュッと噛みしめる私を見て、おじいちゃんは小さく息を漏らした。

「そうはいかんだろう？　じいちゃんだって人間だ。寿命はくる。……そうなった時、すみれが幸せなら安心して逝ける。だからすみれ、苦手を克服して謙信と幸せになれ」

しみじみと話すおじいちゃんに、何も言えない。おじいちゃんがまるでしばらく会えなくなるような言い方をするから。

修繕工事はたった数ヵ月間だけだし、おじいちゃんがお世話になるお弟子さんの家と、彼の家とはそう遠く離れていない。

会おうと思えば、いつでも会える距離なのに……。

その時、家の中から電話の呼び出し音が鳴った。

「どれ、じいちゃんが出るか」

そう言いながら、おじいちゃんは家の中に入っていったけれど、私は玄関先で立ち尽くしたまま。

おじいちゃんがいなくなるだなんて、今まで考えたことがなかった。物心つく頃から、私の家族はおじいちゃんただひとりだったから。両親がいなくても、おじいちゃんがいてくれたから、寂しいなんて思わなかった。そんなおじいちゃんがもしいなくなったら、私はどうなってしまうんだろう。

でも、これだけは間違いなく言える。今の私のままじゃ、おじいちゃんを安心させることはできない。

そう考えると、これはいい機会なのかもしれない。好きな人のそばにいるためにも、大切なおじいちゃんを安心させるためにも、自分を変える大きなチャンスなのかも。この機会を逃がしたら、私はきっと、いつまでもずっとこのままな気がするから。

思いを巡らせていると、引っ越し業者が声をかけてきた。

「すみません、荷物を積み終えたので、確認していただいてもよろしいでしょうか？　それと、引っ越し後、ダンボールのほうはこちらで引き取ることもできますが、どうなさいますか？」

「はっ……はい！」

チャンスだとわかっていても、やっぱり人と話すのは苦手で、視線が泳ぎ、うまく伝えることができない。

「えっと、ですね……」

あれ？　どうするんだっけ。引っ越しが終われば、ダンボールはいらないよね。だったら早く伝えないと。業者さんすごく困っているよね。

そう思えば思うほど、うまく口が回らなくなる。

「あの……」

しびれを切らした業者の人が、声をあげた時だった。

「すみません、遅くなってしまって。なんでしょうか?」

聞こえてきた声と同時に、抱かれた肩。

私の隣に並んだのは、謙信くんだった。

「謙信くん……?」

あれ、謙信くんも午前中に自分の荷物を新居に運ぶって言っていたのに、なんでうちに?

驚く私をよそに、謙信くんは引っ越し業者に聞かれたことに、すらすらと答えていく。

「わかりました。では最後に、部屋の確認をお願いしてもよろしいでしょうか?」

「はい」

先に家に入っていく業者さんに、謙信くんは私の肩を抱いたまま「行こう」と促してきた。

「う、うん」

言われるがまま謙信くんと家に上がり、部屋に向かう途中、気になって聞いた。

「あ、あの謙信くん、どうしてうちに……?」

予定では、新居で合流するはずだったのに。

すると、彼は前を見据《みす》えたまま答えてくれた。

「俺のほうの荷物運びは予定より早く終わったんだ。もしかしたらすみれが困っているかもしれないと思って、来てみたんだけど……正解だったな」

「……え」

思わず足を止めると、謙信くんも立ち止まった。そして困った顔で私を眺める。

「じいさんがそばにいない時に、タイミングよく駆けつけることができてよかったよ。すみれを助けることができた」

「謙信くん……」

彼は私の肩を離し、代わりにそっと手を握りしめた。

「言っただろ？　俺は何があってもすみれの味方だって。……ゆっくりでいい。少しずつ克服していこう。そのために俺がいるんだから」

温かな笑みをこぼしながら伝えられた言葉に、胸が熱くなる。

謙信くんは昔からいつもそうだった。どうして私に、こんなに優しく接してくれるのかな。幼馴染みじゃなかったら、違った？

「わかったら行くぞ」

「……うん」

手を繋いだまま足を進めていく。

ほかの人と結婚しちゃったら、謙信くんはもう私にかまってくれないかもしれない。

そう思うと、彼の手を握る力が自然と強まった。

「すみれ、どうかした?」

「ううん、なんでもない」

すかさず聞いてきた謙信くんに、慌てて答える。

この手を離したくない。ずっと謙信くんの隣にいたい。だからこそ、おじいちゃんの言う通り、彼の心が自分に向くように頑張ろう。

一緒に暮らしていく中でトラウマを克服して、そんな私を謙信くんが好きになってくれるように。

それから謙信くんとともに部屋を確認し、おじいちゃんに見送られて新居へと向かった。

「すみれ、そろそろ休憩しよう」

「うん」

新居に来て、引っ越し業者が帰って早二時間。

ひと通り、部屋の片づけも終えた。

謙信くんが探してくれた新居は、開発が進むタウンにある高層マンション。会社へのアクセスも地下鉄でふた駅と近く、近隣には商業施設などもあり、生活しやすい環境だ。

三十階建てのマンションの二十五階の角部屋からの景色は壮観で、今日みたいに雲ひとつない天気のいい日には、富士山も見えるほど。

夜になったらビルの明かりなどが灯《とも》され、夜景も綺麗なんだろうな。そんな景色を毎日見られるのかと思うと、楽しみ。

それに部屋は完全に別々で、３ＬＤＫのうちの八畳の部屋が私の部屋。

家では布団だったけど、この部屋はすべてフローリングで、すでに謙信くんがベッドを用意してくれていた。ベッドだけじゃない、私が好きな北欧デザインのシンプルな物で統一された、ソファやテーブル、クローゼットまですべて揃えてくれていた。

段ボールを折り畳んでまとめてからリビングへ向かうと、キッチンで謙信くんがコーヒーを淹れてくれていた。

「お疲れ。はい、すみれの分」

「ごめん、ありがとう」

彼からカップを受け取り、ふたりでダイニングテーブルに向かい合って座る。そして、コーヒーを啜るものの……。

当たり前だけど、部屋には私と謙信くんしかおらず、とても静かで居心地が悪い。何より好きな人とひとつ屋根の下、向かい合って座っている現状に緊張する。

コップを両手で持ち、ただひたすらコーヒーを啜ること数分。

「さて、すみれ。一緒に生活するうえで、いろいろと話し合おうか」

「え？」

顔を上げると目が合い、謙信くんは眉尻を下げた。

「これから暮らしていくのに、いつまでも緊張されてたら寂しいから」

どうやら、謙信くんには私のことなんてお見通しのようだ。

「ごめんなさい」

つい謝ってしまうと、謙信くんは顔をしかめた。

「どうして謝る？　これから慣れていけばいいだろ？　……まずはさ、発想の転換からしてみないか？」

そう言うと、謙信くんは意気揚々《ようよう》と話しだした。

「俺たちは、結婚を前提に付き合っているだろ？　だから今回の同居が始まったのは、ただ単にすみれの家を修繕するからってわけじゃない。……住み込みで花嫁修業することになった、って思ってほしい」

は、花嫁修業⁉

慣れないワードであわあわする私に、謙信くんはフッと笑みをこぼした。

「本当のことだろ？　いずれ、すみれは俺の嫁になるんだから。その日のための修業だと思えばいい」

それは、そうかもしれないけど！　なんか面と向かって言われると恥ずかしい。

まともに謙信くんの顔が見られなくなり、オロオロする。

「少しずつでいいよ。俺たちのペースで夫婦になっていこう」

「謙信くん……」

彼を見ると、その優しい眼差《まなざ》しに胸がトクン、トクンと鳴り響く。

私……本当に謙信くんと結婚できるのかな？　こんなに素敵な人の奥さんが私で大丈夫なの？　自信はない。……でも、やっぱり私は謙信くんが好き。その気持ちだけは揺るがない。

「……うん」

少しずつでいい。謙信くんの隣にいても恥ずかしくないほどの、素敵な女性になれるように頑張ろう。

返事をすると、謙信くんは突然ニヤリと笑い、とんでもないことを言った。

「ちなみに夫婦になる以上、すみれといろいろなことをしたいから、早く慣れてね」

「……えっ⁉」

い、いろいろなこと⁉　それってどんなこと⁉

テンパる私に、謙信くんは口の端を上げた。

「俺の言いたいことがわからないほど、子供じゃないだろ？　それとも何？　すみれは結婚後も、今まで通り俺と、ただの幼馴染みの関係でいられると思っていたの？」

カップをテーブルに置いて頬杖をついた彼は、私の顔を覗き込み、その反応を見て面白がっているようだ。

そんな彼に戸惑いを隠せない。

だって私、こんな謙信くん……初めて見たから。

すると謙信くんは立ち上がり、戸惑う私の隣に腰掛けた。

む、無理無理！　近い近い‼

一気に距離が縮まり、のけ反る私。

だけど、彼は私の背中に素早く手を回し、意地悪な顔を見せた。

「俺の部屋のベッド、キングサイズだから、いつか一緒に寝られるようになろうな」

瞬きすることも忘れ、口をパクパクさせてしまう。

それってつまり、そういうことですよね⁉

顔がかぁっと熱くなる。きっと今の私の顔……真っ赤に違いない。

まさか謙信くんにこんな一面があったなんて……！

そういえば謙信くん、プロポーズしてくれた時に言っていたよね。『俺たち、お互いのことを知っているつもりでも、知らないことも多いと思うんだ』って。

私が知らなかっただけで、謙信くんにはもっとほかの一面があるのかもしれない。

私の背中に腕を回したまま、不敵な笑みを浮かべる彼。

これから先の生活に、一抹の不安を覚えた。

初デートで彼の本音に触れて

カーテンの隙間《すきま》から朝陽《あさひ》が差し込んできた。

重たい瞼《まぶた》を開けるも、あともう少しこのままふかふかの布団に包まれていたくて、また目を閉じてしまう。

今日は日曜日だし、昨夜はなかなか寝つくことができなかった。だからあと五分だけ……。

布団をかけ直して、再び眠りにつこうとした私の身体に、急にのしかかる重み。

んっ……何？

再び瞼を開けた瞬間、目の前にこちらを見ている謙信くんのドアップの顔があり、眠気が一気に吹き飛んだ。

「キャッ⁉」

どうして謙信くんが、私の部屋に⁉

びっくりしすぎて瞬きもできずにいると、私に覆い被《かぶ》さっていた謙信くんは退いて、ゆっくりと私の身体を起こしてくれた。そして乱れていた私の髪を整え始めた。

「おはよう、すみれ。昨日の夜はよく眠れた？」

「う……うん」

彼の爽やかな笑顔を目の前にしては、本当は寝不足だとは言えない。

「それはよかった。じゃあ早く起きて、どこかで朝食を済ませて買い物に行こう」

「買い物？」

「あぁ。いろいろと買い揃えないとだろ？」

確かに大きな家具類は揃っているけれど、足りない物がたくさんある。

昨夜は引っ越しの荷ほどきで疲れてしまい、外食しちゃったけれど、食器や調理器具などがないからって理由でもあった。

「わかったよ。……わかったから謙信くん、少し離れてもらってもいいかな？」

私のベッドはシングルサイズで狭い。おまけにさっきから謙信くんの端正な顔が少しずつ近づいてきて、ドギマギして思わず身体をのけ反らせた。

すると謙信くんは、意地悪く口角を上げた。

「どうして？　別にいいだろ？」

「わっ⁉」

彼は両手を広げると、私の身体をすっぽりと包み込んだ。

その瞬間、色気のない声をあげてしまう。

「昔はすみれが落ち込んでいた時に、よくこうやっていたよな」

「そ、そうだけど……」

身体は硬直し、身動きが取れない。でも彼の胸の鼓動を肌で感じると、安心感を覚える。

昔は学校で嫌なことがあるたびに謙信くんが励ましてくれて、泣いちゃった時はこうやって慰《なぐさ》めてくれてたな。

昔のことを思い出していると、謙信くんはゆっくりと私の身体を離した。

けれど距離が近いことに変わりはなくて、切れ長の瞳に見つめられると、嫌でも胸が高鳴る。

「早く着替えて行こう」

「う、うん……」

謙信くんはやっと私から離れ、ベッドから下りた。

「リビングで待ってるから」

「わかったよ」

ホッと胸を撫で下ろし、私も着替えようと、クローゼットに向かったものの……。

なぜか謙信くんは、部屋から出ていこうとしない。

「あの、謙信くん……？」

出ていってくれないと着替えられないんだけど。

ジロリと彼を見ると、謙信くんは顎に手を当てて真顔で言った。

「いや、昔と比べてすみれがどれだけ成長したか、確認しようかと思って」

「なっ！　何言って……‼」

口をパクパクさせる私に、謙信くんはニヤリと笑った。

「別に平気だろ？　昔、何度も一緒に風呂に入った仲じゃないか」

「それは小さかったから……！」

あの頃は男の子とか女の子とか、意識する年齢じゃなかったし。

「それに夫婦になるんだから、見られることにも慣れてもらわないと」

白い歯を覗かせて笑う謙信くんにたまらず、彼のもとへ駆け寄り、グイグイと背中を押した。

「あ、おい！　なんだよ、すみれ」

「もう着替えるから出ていって！」

「恥ずかしがることないだろ？」

「恥ずかしいです！」

会話のやり取りをしている最中も、謙信くんをドアのほうへ追いやり、部屋から締め出した。

「急いで着替えるから待ってて」

一方的に言い、ドアを閉めると、向こう側から愉快そうに笑う声が聞こえてきた。

「わかったよ、待ってる」

その口ぶりに、からかわれていたんだと気づき、ムキになっていた自分が恥ずかしくなる。足音が遠のいていくのを確認すると、深いため息が漏れた。

「……もう」

トボトボとクローゼットへ向かい、服を手に取る。

謙信くんとは幼い頃は頻繁に会っていたけれど、大きくなればなるほど、会う頻度が減っていった。だから私の中には、子供の頃の謙信くんの、優しい面影がいまだに強く残っている。

だけどあんな風に意地悪されたり、からかわれたりしたことなんて今までなかった。こうやって、彼のことをどんどん知っていくのかな。

着替えをしながら考えると、ドキドキする。でも、それと同時に、彼にも私のことを知られていくんだと思うと不安になる。

お互い大人になってから、一日中ともに過ごすのは初めてだと思う。……どうしよう、『こんなヤツだとは思わなかった』って幻滅されたら。

一緒に暮らすって、想像以上に大変なのかもしれない。今まで見えなかったお互いの、別の一面を知るからこそ余計に。

一度袖《そで》を通した服だけれど、全身鏡に映る自分を見て思いとどまる。

必要な物を買いに行くだけといっても、相手は謙信くんだ。何も考えずラフなTシャツにハーフパンツを着ちゃったけど、これじゃダメだよね？

もう一度クローゼットの中を漁《あさ》り、彼の隣に立っても恥ずかしくない服を吟味した。

準備に三十分以上かかり、慌ててリビングへ行くと、謙信くんはソファで経済新聞を読んでいた。

「ごめんね、謙信くん、お待たせ」

声をかけると新聞から顔を覗かせた彼は、私の姿を捕らえる。すると彼は私の頭のてっぺんからつま先まで、まじまじと眺めてきた。

必死に悩んで決めた服は、オフホワイトにピンクや赤といった色鮮やかな花柄がプリントされたワンピース。その上に黒のカーディガンを羽織ってみた。これで買い物に行っても変じゃないと思ったんだけど、もしかしてダメだった？　似合わないかな。

不安がよぎり、「謙信くん……？」と名前を呼ぶと、彼はハッとして立ち上がった。

「ごめん、すみれがそういう服着ているところを、あまり見たことがなくて新鮮だったから……」

確かに私は、いつもラフな服装ばかり好んで着ていた。会社でも当たり障りない格好ばかりだし。

「へ、変かな？」

こちらに来た謙信くんに恐る恐る尋ねると、彼は首を横に振った。

「そんなわけないだろ？　似合っているよ。……可愛い」

「あ……ありが、とう」

面と向かって可愛いだなんて。

照れ臭くて、謙信くんの顔がまともに見られない。

「そういう服、どこで買ってるの？　今度、一緒に買いに行こう」

「あ、ごめん。私、服はいつもネットで買っているから……」

だから一緒には買いに行けない。そもそも、ショップで買うのが苦手なのだ。

「え、何それ。もしかしてすみれ、着ている服は全部ネットで買っているのか？」

驚く謙信くんに頷くと、彼は大きく息を漏らした。

「ひょっとして店で買うと、店員に話しかけられて困るから？」

図星を突かれて何も言い返せず、口元をキュッと結ぶ。

謙信くんの言う通り、店で服を見ていると、必ずといっていいほど店員さんに声をかけられる。

そうなると、どう対応したらいいのかわからなくて、買わずに逃げるように店をあとにしてばかりだった。だから今では洋服をはじめ、ほとんどの物をネットで購入している。

顔は徐々に下を向いていき、床に視線を彷徨《さまよ》わせていると、図星だと確信した彼は私の手を取った。

「すみれ、俺とこれからいろいろな場所へ出かけるぞ」

「えっ？」

咄嗟に顔を上げると、謙信くんは私をまっすぐ見つめていた。

「言っただろ？　……少しずつリハビリしていけばいい。俺と一緒に」

「謙信くん……」

どこか楽しそうに言うと、彼は私の手を引いたまま玄関へ向かっていく。

「そうと決まれば、今日は時間の許す限り、いろいろな場所へ行こう。まずは腹ごしらえだな」

「ちょっ、ちょっと謙信くん？」

戸惑う私を、彼は家から連れ出して車に乗せた。

そして謙信くんの運転する車で向かった先は、近くのカフェ。早朝から営業しており、モーニングセットが多数揃っていて、多くの客が訪れていた。

「ここのベーグルサンドが最高なんだ。きっと、すみれも気に入ると思う」

そう言われたものの……。でも、ベーグルサンドよりもさっきから周囲の、主に女性の視線が気になって仕方ない。皆が謙信くんを見てしまう気持ちもわかる。

ベーグルサンドを手にしたまま、チラッと目の前に座る彼を見る。

白のTシャツに黒のジャケット。そしてジーンズにスニーカーとラフな服装にもかかわらず、ひと際目立つ。

いつもセットされている髪は下ろしていて、爽やかな好青年に見える一方で、サラダやベーグルサンドを食べる姿は綺麗で、育ちのよさを感じさせる。

ほかの人とは違う雰囲気というか、オーラが放たれている気がするんだよね。

モグモグとベーグルサンドを頬張りながら、周囲のお客さんの気持ちになって謙信くんの様子を窺っていると、バッチリ重なり合う視線。

途端に、彼は顔をクシャッとさせて笑った。

「フッ。何、子供みたいなことしてんだよ」

「——え、わっ⁉」

伸びてきた手が私の下唇に触れた瞬間、実に色気のない声をあげてしまった。

どうやら下唇に、ベーグルサンドのソースがついていたようだ。

それを謙信くんは手で掬《すく》うと、あろうことかそのままペロッと舐《な》めた。

「けっ、謙信くん！」

思わず声を荒らげるものの、彼はキョトンとしている。

「なんだよ、大きな声出して」

「いや、その……っ！」

ひとりだけテンパッているのが恥ずかしくなる。

でも、当たり前じゃない？　あんなことされたら、誰だって……！

すると、一部始終を目撃していたのか、近くに座っている女性ふたりの声が耳に届いた。

「うわぁ、いいな彼女。うらやましい」

「イケメン彼氏に、あんなことされたいよね」

小声だけど距離的にしっかり聞こえた会話内容に、ますます恥ずかしくなる。

彼女たちの目には、私と謙信くんが〝彼氏彼女〟として映ってる、ってことがむず痒《がゆ》い。

「どう？　美味しいか？」

頬杖をついて尋ねてきた彼に、緩んでいた口を慌てて引きしめた。

「うん、すごく」

口に頬張ると、謙信くんは私を愛しそうに見つめてくる。

「それはよかった。……じゃあ、またふたりで来よう」

「え……ふたりで？」

「もちろん」

即答した謙信くんに、嬉しさが込み上げる。

そっか。……結婚するってことは、これから私はずっと謙信くんのそばにいられるってことだよね。出かけたり、一緒にご飯を食べたり。そういった時間を、誰よりも一番長く過ごすことができるんだ。

幸せを噛みしめていると、彼はコーヒーを啜りながら小首を傾げた。

「どうかした？　それとも、俺とはもう食事に行きたくない？」

「そんな、まさかっ……！」

つい力を入れて否定すると、謙信くんは目を丸くしたあと、顔を綻ばせた。

「じゃあ約束。……また必ず来よう」

「う、うん」

どうしよう、顔が火照《ほて》る。だってあまりにも謙信くんが嬉しそうに言うから。

それからは、まともに謙信くんの顔を見ることができず、ただベーグルサンドを食べ続けることしかできなかった。


その後向かった先は、『食器や調理器具を揃えよう』って言うから、てっきりホームセンターへ向かうのかと思ったんだけど……。

やってきたのは、見るからに高級そうなインテリア雑貨などを取り扱っている、セレクトショップ。

客はほかに見当たらず、私たちだけのようだ。

ついキョロキョロと見回していると、五十代くらいの責任者らしき男性が、慌てて駆け寄ってきた。

「いらっしゃいませ、氷室専務。いつもお世話になっております。本日はどういったご用件でしょうか？」

話しかけられて固まる私とは違い、謙信くんはにこやかに受け答えしていく。

「今日は自宅の物を揃えに来たんだ。ゆっくり見せてもらうよ」

「かしこまりました。何かございましたら、お声かけください」

店員は丁寧に頭を下げ、店の奥へと戻っていった。

やっぱりダメだな、店員に話しかけられたら戸惑ってしまう。

会釈《えしゃく》ひとつできなかった自分に嫌気が差す。

でも、謙信くんはそんなこと気にしていない様子で、「おいで」と私を手招きする。

「う、うん」

飼い慣らされた犬のように、タタタッと彼のもとへ駆け寄っていく。

さっきの会話の内容から、もしかしてここ、うちの会社の取引先なのかな。

疑問に思っていると、並べられている食器を見ながら、謙信くんがコソッと説明してくれた。

「さっきの人はここのオーナーで、取引先の人なんだ。よくここで買いつけている」

「そうなんだ」

『やっぱり』と納得しながら、私は目についた、可愛いティーカップとソーサーを手に取った。淡いグリーンに、真っ赤なサクランボが描かれていて素敵だけど、値段を見て目を疑った。

え……これ、セットで三万五千円って……嘘でしょ!?　三千五百円の間違いじゃないよね？

高価な物だと知ったら気軽に手に取れなくなり、恐る恐るもとの場所へ戻す。ほかの商品もどれもオシャレで可愛い物ばかりだけれど、値段は全然可愛くない。

「け、謙信くん！　ここで食器とかを買うの？」

吟味している彼の服の裾《すそ》をツンツンとつかみ、小声で問う。

「え、もしかしてここじゃ嫌だった？　すみれが好きそうなデザインの物が、たくさんあると思うんだけど……」

私のためを思って連れてきてくれた彼に、値段が高いって言いづらい。それに、仕事の付き合いで買うのかもしれないし。

……でも、こんな高い店で食器を揃えたら、普段使う時に割らないか心配で、気軽に扱えない気がする。

彼の服の裾をつかんだまま、グルグルと考え込んでいると、謙信くんは私と向き合った。

「ふたりで使う物だから、すみれの気に入った物を選びたいんだ。だから、もし嫌なら遠慮なく言ってほしい」

私を気遣う彼の優しさに、胸がキュンと鳴る。謙信くんが、私を好きでないとわかっていても、想いを断ち切れないのは、彼がいつもこうして私に優しくしてくれるから。そして、私を素直にさせてしまう。

「あの……全部可愛いと思うんだけど、その……値段が……」

しどろもどろになりながら伝えると、謙信くんは拍子《ひょうし》抜けした声で言った。

「なんだ、そんなことを気にしていたのか」

「だって、毎日使う物だよ？　割れないか心配だし……」

もっともなことを言ったのに、謙信くんはなぜか不思議そうに首を捻《ひね》った。

「何言ってるんだ？　すみれは毎日ここで売っている物以上に、いい食器を使ってるだろ？」

「え……私が毎日？　そんなまさか。うちの食器は、おじいちゃんの知り合いの人が趣味で作ってくれた物だけど……」

説明すると、珍しく謙信くんは驚き、言葉を失った。

その姿にまさかと思う。

「嘘、あれ……もしかして、ものすごく高価な物だったの？」

恐る恐る尋ねると、彼は苦笑い。

「あぁ。その人、じいさんの昔からの友人らしいけど、大きな賞を何度も受賞している有名な陶芸家だ」

まさかの事実に絶句する。

そんな有名な人の作品とは知らず、私は毎日呑気《のんき》に使っていたってことだよね？

自分の無知さ加減に打ちのめされていると、謙信くんは私と目線を合わせるように屈《かが》んだ。

「すみれは家の食器、気に入っていなかったのか？」

「……ううん、すごく気に入ってた」

色に深みがあり、とても素敵な物ばかりで、洗って拭《ふ》いたあと、まじまじと眺めて癒《いや》されちゃうほど。

すると、謙信くんは微笑んだ。

「じゃあ俺たちが使う物も、値段なんて関係なしに気に入った物を使おう。それだけで、毎日の生活が楽しくならないか？　それに高価な物だけれど、職人の手によって作られた、世界にひとつしかない物なんだ。だからこそ、一生大切に使いたくなるだろう?」

そうなのかもしれない。家で使っていた食器も、私が生まれる前にいただいた物だと聞いている。長く使える物だからこそ、それだけの価値があるんだよね。

「店内にない物も、ここではたくさん取り扱っているんだ。……よかったら、見せてもらおうか?」

「……うん」

コクリと頷くと、彼は安心したように肩の力を抜いた。

「ちょっと待ってて。聞いてくるから」

そう言って店の奥に向かう彼の背中を見つめ、問いかけてしまう。

一生大切に使うための食器を買いに来たってことは、謙信くんはずっと私のそばにいてくれるつもりだって、自惚《うぬぼ》れちゃってもいいのかな。

胸を高鳴らせながら彼の姿を目で追っていると、オーナーと話を終えた謙信くんが戻ってきた。

「すみれ、こっち。奥でカタログを見せてくれるらしいから、行こう」

「え、カタログ?」

「あぁ、ゆっくり見ながら相談に乗ってもらおう」

じっくり選べるのは嬉しいけれど、相談に乗ってもらうってことは、オーナーさんと話をしながらってことだよね？

いくら謙信くんと一緒だからって、何も話さないわけにはいかない。

それなのに私、大丈夫かな。うまく受け答えができなくて、相手を不快にさせたりしない？

不安に襲われていると、私の気持ちを察したのか、彼は私の隣に立ち、私の背中にそっと手を触れた。

「大丈夫、俺もいるんだから。それに、これはチャンスだと思わないか？」

「……チャンス？」

隣に立つ彼に聞き返すと、彼は私を落ち着かせるように背中を撫でながら続けた。

「あぁ、人と普通に話せるようになりたいんだろ？　少しずつでいい、俺がそばにいるから頑張ってみよう」

「謙信くん……」

そう、だよね。謙信くんの言う通りだよね。少しずつでもいいから、人と話せるようにならないとダメだよね。

「うん、ありがとう。……頑張ってみる」

これは自分のためでもあるんだ。

決意を伝えると、彼は「その意気」と言う。

そして、背中に触れていた手が、今度は頭を優しく撫でる。

大きな手が頭上を行き来するたびに、くすぐったくてたまらない。

「じゃあ、行こうか」

自然と腰に腕が回され、肩と肩が触れ合う距離にドキドキしながら向かった先は、店内の奥にあるソファ席。

彼と並んで腰掛けると、オーナーは持ってきたカタログをテーブルに並べた。

「お待たせいたしました。当店で取り扱っております、食器類のカタログをお持ちいたしました。こちらなどがオススメとなっております。何か色やデザインなど、こだわりはございますか？」

一冊のカタログを手渡され、彼と一緒に見ながらページをめくっていく。

「そうだな……。すみれ、どう？　これとか、すみれが好きそうなデザインだと思うんだけど」

そう言って、彼はとある食器を指差した。それは白を基調に、色とりどりの水玉模様があしらわれた可愛らしいデザインの物。

私は水玉模様が昔から好きで、手帳やノートなど、日常で使う物は、つい水玉の物ばかり選んじゃうんだよね。

「……うん、すごくいいと思う」

それを覚えていてくれたことが嬉しくて、自然と口元が緩む。

「でしたら、こちらの中からぜひ。物によっては取り寄せになってしまう物もございますが、一週間ほどでお届けできると思いますので」

「は、はい」

オーナーに、にこやかに笑いかけられ、緊張から背筋がピンと伸びる。

「それと、ひとり暮らしを始められる方に好評な物もございます。よく新生活を始められる女性の方が、こちらのセット商品を買われておりますので、よろしかったらご参考までに」

思わず、謙信くんと顔を見合わせてしまう。

どうやらオーナーは、ひとり暮らしを始める私の生活に必要な物を買いに来たと思っているようだ。

すると謙信くんは、真剣な面持ちでオーナーを見据えた。

「オーナー、これはまだ内密にしていただきたいのですが、実は彼女にプロポーズしまして。……今日は、ふたりで使う物を選びに来たんです」

「そう、だったんですね」

オーナーの声から、驚いているのがわかる。けれど、彼はすぐに私たちを見て目を細めた。

「実は、おふたりのやり取りや雰囲気を見て、『もしかしたらそうなのかも……』という気がしておりました。……おめでとうございます。もちろん他言いたしませんので、ご安心ください」

面と向かって『おめでとうございます』って言われると、どう返したらいいのかわからなくなる。だって私と彼の結婚は、みんなとは違うから。

でも私たちのやり取りや、雰囲気を見て感じてくれたってことは、私と謙信くんは結婚を控えた恋人同士のように見えたのかな？　もしそうだったら嬉しいな。

「ありがとう」

「あ、ありがとうございます……！」

彼に続いて感謝の気持ちを伝えると、オーナーは再びカタログのページをめくった。

「おふたりでお使いになられるのでしたら、オススメはこちらのペアのお皿セットになります。色違いでお使いになられますし、当店でも人気の商品となっております」

「そ、そうなんですねっ……！」

大丈夫かな？　私、ちゃんと普通に話せているかな？

心臓をバクバクさせつつ、オーナーの説明を聞きながら相槌を打っていく。

「それと、こちらのコップや湯呑も可愛らしいですよね。新婚生活をスタートされるおふたりには、ぴったりかと」

「新婚っ⁉」

思わぬワードにギョッとすると、オーナーは目をパチクリさせた。

「……新婚、ですよね？」

首を捻りながら確認してきたオーナーに、焦《あせ》る。

「あ、えっと……はい」

そうだよね、新婚だよね。それなのに、こんなに慌てふためいていたら、変に思われそう。どうして私、こんなにも人とうまく話すことができないんだろう。やっぱり私はこれから先も、ずっと変われないのかも。

膝《ひざ》の上で拳《こぶし》をギュッと握りしめた。

すると、その手を彼の大きな手が包み込んだ。

「すみません、彼女、極度の恥ずかしがり屋なんです。……新婚って言われただけでこんなになっちゃうところが、僕にとっては可愛いんですけどね」

甘い瞳を向けられて『可愛い』と言われ、顔がかぁっと熱くなる。

彼が助け船を出してくれると、オーナーは優しい眼差しを向けてきた。

「本当に仲がよろしくて、うらやましいです」

「ありがとうございます。では、先ほどオススメいただいたペアのお皿セットと、彼女の好きな水玉の食器類を、オーナーに見繕っていただいてもよろしいでしょうか？」

「かしこまりました。セレクトしてまいりますね」

オーナーは丁寧に一礼すると、店内奥へと向かっていった。

彼の姿が見えなくなると、謙信くんの手は私の手から離れ、背中にそっと触れた。

「リハビリ初日にしては、うまく話せていたんじゃないか？」

「え？」

「ちゃんとオーナーと話せていたよ。それに誰だって最初からなんでもスマートにこなせる人間ばかりじゃない。皆失敗を繰り返すものだ。……だから気にすることない、これからだよ」

柔らかい瞳を向けられてかけられた言葉も、背中に触れる手も、優しくて温かくて、胸にじんわりと染みていく。
そっか、失敗してもいいんだ。最初はうまく話せなくてもいい。
そう思うだけで心が軽くなる。
すると彼は少しだけ顔を近づけ、コソッと言った。
「でも俺と結婚することに関しては、早く慣れてほしい。……わかった？」
小首を傾げて確認する彼に、声にならず首を何度も縦に振る。
だって顔が近いから……！
「ん、それならいい」
私を見て満足げに笑うけれど、彼の手は私の背中を擦《さす》ったまま。
それはオーナーが戻ってくるまでずっと続き、気を緩めたら泣いてしまいそうで、
必死に耐えていた。

「今日はカツオがオススメなんだ。どうだい？」

「あ……えっと、ではお願いします」

「はいよ！」

威勢のいい声で言うと、大将は手早く寿司を握っていく。

セレクトショップをあとにすると、謙信くんは『新しい服を買おう』と言い出し、商業ビルへ向かった。

店に入ると、当然店員に声をかけられたものの……。

隣にいた謙信くんがフォローしてくれて、店員に普段自分が着ている服や、どんな物が好みなのかをしっかり伝えることができた。

すると、素敵なコーディネートを提案してくれて、ひと目で気に入った。

謙信くんも試着した姿を見た途端、こちらが恥ずかしくなるほど『可愛い』とか『似合っている』と言ってくれて、いつの間にか支払いを済ませてプレゼントしてくれたんだ。

そのまま同じビルで軽く昼食を取り、少し早い夕食にやってきたのは謙信くん行きつけの寿司屋だった。

カウンターの八席しかない狭い店内で、ケースには美味しそうなネタが並べられている。

六十歳くらいの気さくな大将が、次から次へとオススメのネタで寿司を握ってくれていた。

「ここの寿司、最高に美味いだろ？」

「うん、すごく！」

どれもネタが新鮮で、こんなに美味しいお寿司を食べたのは、初めてかもしれない。

「親父に教えてもらってから、もう寿司っていったらここに決めているんだ」

得意げな顔で彼が言うと、大将は寿司を握りながら嬉しそうに笑った。

「そうだな。謙信は親父さん以上の常連になってくれた。……そんな謙信が婚約者を連れてくるとはねぇ」

大将は感慨深そうに続ける。

「正直、俺は不安だったんだ。毎回、食《く》いに来るたびに違う女を連れてきていたから」

——え、いつも違う女性と来ていた？

「ゴホッ……！　ちょっと大将！」

大将の話に、謙信くんは喉を詰まらせ、慌ててお茶を飲んで焦った様子。

そんな彼の姿に、大将は「ガハハッ」と豪快に笑った。

「なんだよ、本当のことだろ？　それに結婚を考えている相手なら、なおさらお前の過去を知ってもらうべきだ」

謙信くんにそう言うと、大将は私を見据えた。

「お嬢さん、謙信はこれまで女関係は派手だったが、若気の至りだと思って許してやってくれ。……こいつ、ずっと言っていたんだ。結婚に対して夢を抱けない、今後するつもりはない、ってきっぱりとな。……そんな謙信の心を変えたんだ。お嬢さんは自信持っていい」

隣に座る謙信くんをおもむろに見れば、彼は目が合った瞬間、照れ臭そうに目を伏《ふ》せた。

「大将、そういう話をすみれにしないでくれよ。……これでも俺、すみれの前ではずっと〝カッコよくて優しい幼馴染みのお兄ちゃん〟で頑張っていたんだから」

まるで拗《す》ねた子供のように話す謙信くんに、大将とふたり、思わず笑ってしまった。

私、ちょっと自惚れてもいいのかな？　自信を持ってもいい？　謙信くんが今まで付き合ってきた彼女たちとは違う、って。私が変われば、これから先もずっとそばにいられる、って。

そう願わずには、いられなかった。

すっかり長居してしまい、大将に見送られて店の外に出ると、日は落ちて夏の夜空が広がっていた。

ふたりで肩を並べて駐車場へ向かい、車に乗ると、てっきりそのまま帰宅するものだと思っていたんだけど……。

「あれ、謙信くん、どこに行くの？　そっちじゃないよ？」

彼が車を発進させ、向かった先は、マンションとは逆方向。

声をかけるものの、謙信くんは首を横に振った。

「こっちでいいんだ。……すみれ、最後にもう一ヵ所だけ寄りたいところがあるんだけど、いいか？」

「えっ、もう一ヵ所？」

「あぁ」

時刻は二十時。食事は済ませたし、ほかに行くところってどこだろう？

「どこに行くの？」と聞いても謙信くんは「秘密」と言って行き先を教えてくれない。

車を走らせること十五分。

辿り着いた先は、都内でも有名なホテル。車を預け、戸惑う私を連れて彼が向かった先は、最上階にあるバーだった。

どうやら前もって予約してくれていたようで、夜景が一番よく見渡せる窓側のソファ席に案内された。

初めて訪れた大人の雰囲気漂う店内に、着いてからずっとキョロキョロしていると、謙信くんはクスリと笑った。

「本当はすみれが二十歳になってから、ずっと連れてきたいと思っていたんだ。せっかくだから、初めてデートした記念に夢を叶えようと思って」

『初めてデートした記念』なんてサラリと言ってのける謙信くんとは違い、聞かされた私は慣れない単語に照れる。

彼はウエイターを呼び、カクテルとウイスキーを注文した。

「じいさんから、すみれは結構飲めるって聞いてるけど、まずは甘い物からがいいだろ?」

「う、うん」

注文してもらえて助かった。どんな物がいいのかわからないし、何よりウエイターとうまく話せないと思うから。

店内は薄暗く、奥にあるピアノからはジャズが奏でられている。アンティーク調のオブジェなどが飾られていて、とてもシックな雰囲気だ。

「お待たせいたしました」

夜景や店内の様子を見ていると、注文した物が運ばれてきた。

謙信くんは手に持ち、乾杯しようと目で促す。

私もカクテルを手にすると、「乾杯」とグラスを当てた。

「か、乾杯」

ワンテンポ遅れて呟き、ひと口飲むと、甘いけれど爽やかな香りが口に広がって、思わず「美味しい」と声に出してしまった。

それを聞いて謙信くんは、安心したように微笑む。

「それはよかった。……なんか不思議な気分だな。夜景を見ながら、こうしてすみれと酒を飲んでいるって」

「……うん」

謙信くんはもちろん、私もお酒を飲める大人になったんだって、しみじみと感じる。

ジャズピアノに耳を傾けながら少しずつカクテルを飲んでいると、彼が手にしていたグラスの中の氷が、カランと音をたてた。

すると、彼は神妙な面持ちで私に問いかけた。

「なぁ、すみれ。……さっき、寿司屋で大将の話を聞いて、どう思った？」

「それは……」

謙信くんが私に聞いているのは、これまでに謙信くんがたくさんの人と付き合ってきたことを、どう思っているかってことだよね？

返答に困り、グラスを持つ手の力が強まる。

「俺たち、結婚するんだ。……正直なすみれの本心を聞きたい。どんなに頑張っても過去は変えられないから。アルコールも入っているし、今夜は無礼講だと思って聞かせてほしい」

私の正直な本心……？　いいのかな、伝えても。それに私、ずっと謙信くんに聞きたいことがあった。

チラッと見ると、謙信くんも私を見ていてバッチリ目が合う。

でも、彼は急《せ》かすことなく私が話すのを待ってくれている。

私、謙信くんと結婚するんだよね。これから先もずっとそばにいたいなら、本音を伝えるべきじゃないかな。そうしなかったら彼との距離は縮まらず、幼馴染みのままな気がする。

硬い表情で私の答えを待つ彼に意を決して、景気付けに残りのカクテルを飲み干し、本音をぶつけた。

「私、ずっと知っていたよ。……高校生の時から、何度か見かけるたびに謙信くんの隣には、違う女の子がいたし。その……会社に入ってからも、この三ヵ月間でいろいろな噂を耳にしていたから」

まさか、私に知られているとは夢にも思わなかったのか、謙信くんは目を見開いた。

そして背もたれに体重を預け、「そうか……」と呟いたあと、口元を手で覆う。

動揺している姿を見るのは初めてで、心が落ち着かなくなる。ちょっぴり聞くのが怖いけれど……謙信くんが私の本音を聞きたいように、私も彼のすべてを知りたい。

ずっと、聞きたかったことをぶつけてみた。

「どの人とも、長く付き合ったことはなかったよね？　……それはどうして？　相手のことが、好きだったんじゃないの？」

私は謙信くんしか好きになったことがなくて、一度好きになった人を嫌いになる気持ちがわからない。だからこそ知りたい。どうして謙信くんは、何人もの人と付き合ってきたのかを。

……本気で誰かを好きになったことがあるの？

彼の答えを待っていると、観念したように大きく息を吐き、ポツリポツリと語りだした。

「まさか、すみれに知られているとは思わなかった。……お前の前では、そんな素振りを見せていないつもりだったんだけどな……」

ハハッと力ない声で笑ったあと、謙信くんは目を伏せた。

「たくさんの子と付き合っておいてなんだけど、俺……今まで本気で人を好きになったことがないんだ。好きって感情が、どんなものなのかわからない」

静かに放たれた彼の本音に、『やっぱり』と思った。

「じゃあ、今まで付き合ってきた人たちのこと、誰も好きになれなかったの？」

すかさず問うと、彼は眉尻を下げた。

「あぁ。……告白されてなんとなく、付き合っていくうちに好きになれると思ったから。……でも、誰のことも好きになれなかった」

彼は、グラスを持つ手の力を強めた。

「正直、どうして結婚しなくてはいけないのかわからない。結婚して他人と一緒に暮らすことに、どうしても必要性を感じないんだ」

ずっと聞きたかった謙信くんの本音。

それが聞けて嬉しいはずなのに、ズキズキと胸が痛む。

なんとなくわかっていた、謙信くんの気持ち。私に結婚しようって言ってくれたけれど、それは私のことが好きだからでは決してないって。けれど、実際に本人の口から聞くと、ショックは大きい。

「でも、これだけは信じてほしい」

「……え？」

謙信くんを見ると、いつになく真剣な面持ちだった。

「俺は誰かを好きになる気持ちはわからないし、この先も知ることができないかもしれない。……けれど、相手がすみれだから結婚したいと思った。その気持ちは本物だから。昔のようにこれから先もずっと、俺がすみれのことを守っていきたいんだ」

「謙信くん……」

さっきまでズキズキと痛んで仕方なかったというのに、単純な私は彼のひと言で気持ちが一変してしまう。

「結婚ってさ、相手と生活をともにし、人生の半分以上を一緒に生きていくことだろ？　すみれとなら、気兼ねなく一緒にいられるし、ふたりで過ごす楽しい未来が想像できるんだ。……昔と変わらず、すみれにはそばにいてほしいと思うし、何より俺はこれから先もすみれのことを守っていきたいから」

私の心に訴えるように放たれた言葉に、胸がギュッと締めつけられた。

「結婚するんだ。これからも今みたいに、俺にだけは本音を聞かせてほしい。俺も、どんなことでもすみれに伝えるから。たとえ、知ってほしくない過去のことも」

「謙信くん……」

正直、ショックだった。だって傍《はた》から見たら私、結構ひどいことを言われていると思う。これから結婚するのに、好きって感情がどんなものかわからないって言われたのだから。

でも、ごまかすことなくすべて話してもらえて、スッキリしている自分もいる。

それに、私が相手だから結婚したいと思えた、私のことを守っていきたい……そう言ってくれて嬉しかったから。それがたとえ、恋心ではなく幼馴染みとして、妹を守る兄のような気持ちだとしても――。

唇をキュッと噛みしめ、彼を見つめた。

「……私、結構面倒だよ？」

恐る恐る聞くと、謙信くんはクスッと笑った。

「知ってる。昔から嫌っていうほど」

本音を聞かせてほしいと言ってくれた彼にだからこそ、しっかり自分の気持ちを伝えたい。

「よくウジウジ悩んじゃうし、一緒にいたらウザイって思うかも」

「その時は俺も一緒に悩んで、早くスッキリできるように協力するよ」

口の端を上げ、謙信くんは私の顔を覗きながら「ほかには？」なんて言ってくる。

「謙信くんやおじいちゃん以外とは、まともに話せないし。……これから先、迷惑もかけちゃうと思う」

「迷惑なんて思ったこと、今まで一度もない。むしろすみれには、もっと頼ってほしいって思っているよ」

「……いつか疲れちゃうかもよ？」

「すみれの存在が俺の癒しだから、大丈夫」

次々と言葉が返されるたびに不安が消えていき、胸がいっぱいになる。それでも、最後にどうしても聞きたかったことを問いかけた。

「わ、私より、もっと素敵な人が現れちゃったら？　結婚したいって思うくらい、その人のことを好きになっちゃったら、謙信くんはどうするの？」

『これまで誰のことも好きになれなかった』って教えてくれた。でも、これから先は誰にもわからない。もしかしたら、好きになる相手が現れるかもしれない。

そうなったら、私はどうなるのかな。簡単に切り捨てられる？　それとも、また幼馴染みに戻って、彼に片想いをするつらい日々を送ることになるの？

想像するだけで怖くなる。今日の一日が、あまりに幸せだったから。

奥歯をギュッと噛みしめ、答えを待つ。

すると謙信くんは前のめりになり、焦った様子で答えた。

「そんなことあるわけないだろ？　……それに俺、初めて好きになれる相手と巡り合えるとしたら、すみれがいい。そう思ったからこそ、お前と結婚したいと思ったんだ」

「……え」

息が詰まるほど、衝撃的なセリフだった。だってまさか謙信くんが、そんな風に思ってくれていたなんて。

「それに、俺も不安がないって言ったら嘘になる」

目を瞬かせる私に、謙信くんは意外な胸の内を明かしてくれた。

「すみれがこの先、人と普通に話せるようになったら、きっと世界は広がると思う。そうしたら、ほかに好きな相手ができるかもしれない。それは昔からお前のことを知っていた身としては嬉しいけど、少し寂しくもあるから」

「……っ」

胸が苦しくて、呼吸がうまくできない。彼は私のことを好きじゃない。けれど、そんなことを聞かされたら、嫌でも望みを持ってしまうよ。

もしかしたら、この先の頑張り次第では、謙信くんが初めて好きになる相手は私かもしれないと。だからこそ、このまま自分の気持ちを言いたくなる。

私はずっと前から謙信くんのことが好きだった、って。そして今も、きっとこれから先も、ずっと好きだってことを。

でも、それを言ってしまったら、今の私と彼の関係が崩れそうで怖い。人と話すことが苦手な私には、好きな人はいないと謙信くんは思っているようだし。

……けれど、これだけは伝えたい。

トクントクンと鳴る胸の鼓動。

それを必死に鎮めながら、寂しそうにしている彼を見据えた。

「私も同じだよ……？」

「え？」

不思議そうな顔で私を見る彼に、緊張しながら今伝えられる、精いっぱいの気持ちを吐露した。

「私も初めて好きになる相手は、謙信くんがいいなって思っているよ」

「すみれ……」

謙信くんを好きになってから、つらいこともあったけれど、幸せなこともたくさんあった。

謙信くんが女の子と一緒にいるところを何度も見たり、噂を耳にすると悲しくなったけれど、それ以上に、幸せだって感じた出来事のほうがたくさんあるから。

だから、謙信くんにも知ってほしい。心から誰かを好きになる喜びや幸せを感じてほしいよ。そして、その相手が私であってほしい。

「だっ、だから私、頑張る！　これ以上、謙信くんに迷惑かけて呆《あき》れられないように。……好きになってもらえるように」

最後にボソッと囁いた、大胆な告白。自分から言っておいて、恥ずかしくなる。でも、後悔していない。これが私の本心だから。

それでも、次第に身体中の熱が上昇し、まともに謙信くんの顔を見られずにいると、彼の嬉しそうな声が耳に届いた。

「なんか照れるな。こうやって本心をさらけ出すって。……でも、すみれの本音が聞けてよかったよ」

あまりに優しく笑う姿に、心の底から思った。逃げずに自分の気持ちを伝えてよかった、って。

「これからも、よろしくな」

「……うん、こちらこそ」

謙信くんとはずっと一緒にいたのに、彼のことで知らないことはまだまだ多い。だからこそ知りたい。そして私も、まだすべてをさらけ出せていない。だから、私のことも知ってほしい。大好きなあなたに、私のすべてを——。

そのあとはふたりでお酒を飲み、眼下に広がる夜景を見ながら、他愛《たわい》ない話に華を咲かせた。

初めてのケンカ

「すみれ、いつも言っているけど、本当にここでいいのか?」

「うん、大丈夫だよ。ありがとう」

朝の通勤時間、謙信くんはハザードを点灯させて路肩に車を停めた。

私はシートベルトを外し、会社からだいぶ離れた場所だけれど、窓の外に同じ会社の人がいないか確認したあと、素早く車から降りる。

すると、謙信くんはすぐに助手席の窓を開け、顔を覗かせた。

「今日は遅くなると思うから、先に帰っていてくれ」

「うん、わかったよ。仕事頑張ってね」

手を振ると、彼も手を振り返してくれた。そしてゆっくりと車を発進させ、あっという間に見えなくなる。

謙信くんと一緒に住み始めて、早二週間。

ふたりでの生活にも慣れてきた。

家事全般は私が請け負っているけれど、仕事が忙しくない時は彼も手伝ってくれている。ゴミ出しやお風呂掃除、食事のあとの食器洗いまで。

最初は『謙信くんがゴミ出しにお風呂掃除⁉』なんて思い、想像できなかったけれど、私と一緒に暮らす前はひとり暮らしをしていたから、すべてお手のもの。仕事が早く終わった日は、買い物にも付き合ってくれている。

結婚したら、理想の旦那様になるんじゃないかな？

それに、ホテルのバーでお互い本心を打ち明けてから、謙信くんとの距離が縮まった気がする。

もしかしたら、私だけがそう思っているのかもしれないけれど、なんとなく私の前では飾らずにいてくれているような……そんな気がしてしまうの。

家ではお互いの部屋があって、寝室は別々。それでも、ともに過ごす時間は増えている。

たまにふざけて謙信くんってば、過剰なスキンシップを取ってくるけれど、私たちの生活はそれなりにうまくいっていると思う。問題は家の中のことではなく、会社の中でのことだ。

謙信くんは、いつも自分が運転する車で通勤している。『ついでだから、一緒に行こう』と誘われたものの、最初は断った。

だって会社での私と謙信くんの関係は、〝幼馴染み〟。幼馴染みってだけで、入社したての頃は注目されていた。『あの専務と幼馴染みって、どんな子なの？』って。

だから、なるべく会社では話さないようにしてきた。それなのに、急に謙信くんが運転する車で通勤したら？

あっという間に噂が広がり、根も葉もないことを広められてしまうかもしれない。

考えただけで身震いするので、『あまり注目されたくないから』と断ったのに、謙信くんに『仕事で帰りが遅くなると会えない分、朝だけは一緒に通勤して話をしたい』と押し切られてしまったのだ。

なので、会社近くで降ろしてもらうことを条件に、彼が早く出勤しなくてはいけない日以外、毎日通勤をともにしている。

今のところ誰にも見られておらず、車内で謙信くんと話しながら楽しく通勤できているものの……。いつかバレてしまうかもしれないと思うと、恐怖でしかなかった。

それに気づいた彼からつい三日前、ある提案をされたんだけど、それはもう全力で拒否した。

だって謙信くん、『そんなにバレて注目されることを気にしているなら、もういっそのこと、俺と婚約しているって正式に発表しようか？』と言ってきたのだ。そんな発表をされたら、私はどうなるか……！

社内で仲いい人も、まともに話せる人もいない。むしろ距離を置かれている状況。

謙信くんに釣り合う女性になるためにも、人と普通に話せるようになりたい。でも、謙信くんと婚約していると知られたら、ますます周囲に距離を置かれ、話しかけづらくなりそう。

だから『それだけはやめて……っ！』といつになく声を荒らげた私に、彼は驚いてそれ以上何も言わず、『わかったよ』と納得してくれた。

ホッとし、『まずは自分からどんどん話しかけられるようになろう‼』と決意を新たに毎日出勤しているんだけど……。

「おっ……おはよう、ございます！」

「おはよう、桐ケ谷さん」

気持ちだけは前向きだけれど、実際に出勤して先輩たちを前にすると、挨拶《あいさつ》するだけで精いっぱい。

かろうじて話せるのは、教育係の綾瀬さんだけ。……それも仕事のやり取りのみ。

昼休みは専ら部長とふたりっきりで、静かに過ごしている。

今日もまた部長以外、誰もいないオフィスで手作りのお弁当をひとりで食べていた。

変わろうと決心して二週間も経つというのに、この状況はまずくない？　このままじゃ、私ずっと謙信くんやおじいちゃん以外、誰とも話せないままだよ。

今日も小さく手を合わせ、お弁当箱を片づけていく。

ダメだな、マイナス思考になるばかり。せっかく頑張ろうって思えていたのに。

時計を見ると、まだ昼休みは半分以上ある。

たまには食後にコーヒーでも飲もうかな。

そう思い、席を立って向かった先は、奥にある給湯室。

各部署の給湯室にはコーヒーサーバーが設置されており、社員なら自由に飲むことができる。紙コップをプラスチック容器にセットして、あとはボタンひとつ押せばいいだけ。

すぐにコーヒーの芳《かぐわ》しい香りが、給湯室内に香り始める。

すると、オフィスからボソッと「いい匂いだな」という声が聞こえてきた。

ど、どうしよう……！　もしかして、部長もコーヒーを飲むかな？　でも、別に頼まれたわけではないし。

部長の独り言に、アタフタする。

昼休み以外の休憩時間は特に決まっておらず、各自手が空いた時に午前と午後、それぞれ十五分ずつ休憩することができる。

たまたま先輩と休憩時間が重なった時、何度かついでに先輩の分も淹れたことがあるけれど、それは頼まれたからであって、自分から『淹れましょうか？』と言ったことはない。余計なお世話かもしれないし……。でも――。

チラッと給湯室からオフィスの様子を窺うと、部長はお弁当を食べ終えたようで、新聞を読み込んでいる。

誰だって、食後にはコーヒーを飲みたくなるよね。……部長の分を淹れても、迷惑じゃないよね？

もう一杯コーヒーを淹れ、砂糖とミルクは使うかわからないからひとつずつ手にし、ドキドキしながらオフィスへ戻る。

変わるって決めたんだ。さりげなく『よかったらどうぞ』って言えばいいだけ。

そう自分に言い聞かせながら、自分の席から一番離れている部長のデスクに近づいていくと、コーヒーの香りに気づいた部長が新聞から顔を覗かせた。

目が合った瞬間、逃げ出したい衝動に駆られるも、自分を奮い立たせる。

「あ、あのっ……！　よろしかったら、その……」

シミュレーションしていたというのに、部長を前にしたら頭の中は真っ白になる。

それでも、なんとか手にしていたコーヒーと、ミルクや砂糖をそっと部長のデスクに置いた。

すると、部長は瞬きを繰り返したあと、目尻に刻まれた皺《しわ》をさらに深くさせて微笑んだ。

「ありがとう、桐ケ谷さん。ちょうど、コーヒーが飲みたいと思っていたんだ」

「い、いいえそんな！　よ、よかったです……！」

どもりながらも言うと、部長はますます皺を刻んだ。

「本当にありがとう」

再び感謝の言葉を言われ、照れ臭くて顔が熱くなる。

喜んでもらえて私のほうこそ嬉しい。勇気を出してよかった。

「失礼します」と小さく頭を下げ、自分のデスクに戻って喜びを噛みしめながらコーヒーを啜る。いつもと同じコーヒーのはずなのに、美味しく感じる私は単純な人間なのかもしれない。

「仕事には慣れたかい？」

「え？　あ……は、はい！」

まさか話しかけられるとは思わず、一瞬フリーズしてしまうも、ニコニコ笑いながら私を見る部長にすぐに答えた。

「そうか、それはよかった。女性が多い職場だからね、ちょっと心配していたんだ。でも口下手《くちべた》なもので、毎日昼休みをふたりで過ごしているというのに、声をかけられなかった。……不甲斐《ふがい》ない上司で申し訳ない」

「そ、そんな……！　とんでもございません‼」

部長が私なんかに頭を下げて謝ってきたものだから、思わず立ち上がってしまった。

「そ、それに私も同じです‼　人と、その……うまく話すことができなくて。……なので、えっと……」

声をあげたのはいいものの、途中でどう伝えたらいいのかわからなくなり、言葉に詰まる。

すると、部長はそんな私の心情を察してくれたのか、「じゃあ僕と同じだ」と言って私に柔らかな瞳を向けた。

「僕たち、どうやら似た者同士のようだね」

ニッコリ微笑んだ部長につられるように、私も自然と口元が緩んでしまった。

それから部長と途中、会話が途切れながらも、仕事の話から少しずつ話せるようになっていった。

「今日の昼休みに、部長から魚の煮付けのコツを教わったの。どうかな？　自分ではうまくできたと思うんだけど……」

恐る恐る目の前に座る謙信くんに尋ねると、彼はすぐに「うん、すごく美味しい」と言ってくれた。

「本当？　よかった！」

部長と初めて話すようになってから、一週間。

部長は料理が趣味で、休日にはよく家族に腕を振るっているようで、レシピやコツなどを教えてくれるようになった。

私も昔からずっと料理が好きで、すっかり意気投合し、最近では部長と話せる昼休みが待ち遠しいほど。

お互い口下手なのに、料理の話になると止まらなくなる。今日も話に夢中でお弁当を食べる手が止まっていて、残り時間が少ないことに気づき、ふたりで慌ててかき込んだ。

思い出すと、自然と笑みがこぼれる。教えてもらって作った料理に舌鼓を打っていると、彼の視線に気づいた。

「どうしたの？」

　感情の読めない表情で、ジッと見られている状況に耐え切れずに聞くと、謙信くんは「いや？」と言いながら首を横に振った。

「ただ、最近のすみれ、楽しそうだなって思って」

「そ……そう、かな？」

「あぁ、かなり。……ちょっと妬《や》けるくらい」

「――え？」

　や、妬けるくらい⁉　それは一体、どういう意味で……⁉

　かまえる私に謙信くんは何も言わず、意味ありげな笑みを浮かべた。

「ごちそうさまでした」

「あ……っ」

　空になった食器を手に、キッチンへ向かう謙信くんの後ろ姿を見ながら、私も残りのご飯を急いで口に運んでいく。

　謙信くん、さっきのどういう気持ちで言ったのかな？　妬けるって……。

　気になり、お茶でご飯を喉の奥に流し込み、食器を手にキッチンへと向かう。

「俺が洗うから、すみれは拭いてくれる？」

「う、うん。ありがとう」

食器を流し台に置くと、謙信くんは慣れた手つきで食器を洗っていく。

そんな彼の隣に立ち、私は布巾《ふきん》を手に、チラチラと様子を窺う。

だってあんなこと言われたら、誰だって気になるに決まっている。もしかしたら謙信くん、恋愛的な意味で妬けるって言ったのかもしれないと。

悶々《もんもん》と考えながら謙信くんが洗い終えた食器を拭いていると、彼はポツリと話し始めた。

「すみれはさ、じいさんや俺にも言えないようなことを、なんでも話せる友達が欲しいって思ったことない？」

「え？」

急に聞かれた質問に、食器を手にしたまま彼を見つめてしまう。

すると謙信くんは、食器の泡を流しながら言った。

「俺には中学から大学まで、ずっと一緒だった親友がひとりいる。すみれもそいつに会ったことがあると思うけど、小さかったから忘れているかもしれないね」

「そう、なんだ……」

見かけるたびに彼の隣にいたのは、同じ男の子だった気がするけれど、彼の言う通り記憶は曖昧《あいまい》。

どんな人だったか必死に思い出していると、謙信くんは続けた。

「俺にとってそいつは、なくてはならない存在なんだ。そいつにだけは、なんでも話せる」

そっか。でも大抵の人には、そういった存在がいるんだよね。誰にも話せないようなことでも、その人にだけは話せる、親友という存在が。

憧れはなかったかといえば、嘘になる。人とうまく話せない、だからこそなんでも話せる友達が欲しかった。たったひとりだけでいい、私のことをすべて理解してくれる存在が。

私には、おじいちゃんや謙信くんがいる。……でも欲を言えば、同年代の同性の友達がずっと欲しかった。

「なぁ、すみれ。……お前、大人になってしまったら友達はもうできない、って決めつけていないか？」

「え？」

隣に立つ謙信くんを見ると、彼は水道を止め、濡《ぬ》れた手を拭いて私と向き合った。

「友達って、何も学生時代にしかできないものじゃない。いくつになったって出会いはある。もしかしたら、会社でだってできるかもしれない。部長と仲良くなれたなら、ほかの社員とも話せるんじゃないのか？　……勇気、出してみたらどうだ？」

「勇気……」

私の背中を押すように、力強い声で言われたセリフを繰り返すと、謙信くんは大きく頷いた。

「そう。もしかしたらこの先、俺にも話せないような悩みができるかもしれないだろ？　そういった時に、すみれになんでも話せる存在がいると、俺も安心できる」

穏やかに微笑むと、少しだけ乱暴に撫でられた頭。

「すみれの口から、部長以外の友達の話を聞けるの、楽しみにしているよ」

最後に謙信くんの大きな手が頬に触れると、「先に風呂入ってくる」と言い、浴室へ向かった。

彼の背中を見送ったまま、布巾を手に立ち尽くす。

「なんでも話せる存在……か」

浴室からシャワーの音が聞こえてくる中、ポツリと漏れた言葉。

謙信くんは勇気出してみたらって言うけれど、やっぱりまだ同性の、ましてや同年代の先輩たちと話すのは怖い。

下手に話しかけて気に触るようなことを言っちゃって、昔みたいに悪口言われて仲間外れにされたら?

もう二度とあんなつらい思いはしたくない。つらい思いをするくらいなら、ずっとひとりでいるほうがいい。

それじゃダメだって頭ではわかっているけれど……そう簡単に、勇気なんて出せないよ。

残りの食器を拭きながら、想いを巡らせていた。


「それじゃすみれ、またな」

「うん、気をつけて」

翌朝。

いつもの場所で謙信くんに降ろしてもらい、ひとり会社へと向かう。

昨夜、あれから謙信くんは話の続きをしてくることはなく、入浴後は遅くまで書斎で仕事をしていたようだ。今朝も車の中でも、何も言ってこなかった。

なのに私の頭の中には、昨夜の謙信くんに言われたことが残っていて、離れてくれない。

傷つくのが怖いから、今のままでいい。部長と話せるようになったし、私には謙信くんやおじいちゃんがいる。……なのに彼の言葉が気になるのは、胸の奥にある本音は違うから。昔からずっと友達が欲しいと思っていたから。

矛盾する思いに頭を抱えながら会社に辿り着き、エレベーターで二十四階へと上がっていく。

エレベーターから降りてオフィスへ向かっていると、前方には総務部の先輩たちの姿が見えた。

三歳から五歳年上の先輩たち五人だ。綺麗な人ばかりで、ちょっと近寄りがたい雰囲気。噂話が大好きで、いつも化粧室を占領しているのはあの五人が中心だ。

距離を保って歩を進めるものの、五人の会話する声は大きく、嫌でも内容が聞こえてきた。

「仕事だるいよね。早く金曜日になってほしい」

「ねー。夜は合コンだもの。気合い入れていかないとね」

キャッキャと騒ぐ先輩たち。

「でも、どうせいい男集まらないでしょ?」

「うちの専務くらい、ハイスペックな男子が来ればいいけど、なかなかいないよね。そもそも合コンに来ないか」

突然謙信くんの話が出て、胸がドキッと鳴る。

謙信くんが女性社員に人気があることは、入社時から嫌っていうほど理解していたけれど、実際に聞くとヘコむ。

私と同じように謙信くんのことが好きって人は、たくさんいるんだよね。

落ち込んでいる間に、彼女たちの会話はヒートアップしていった。

「専務といえば、うちに入った新人の桐ケ谷さんって、専務と幼馴染みなんでしょ？」

今度は私の話になり、焦りを覚える。いや、でも私と謙信くんが幼馴染みだってことは、社員のほとんどが知っているし、今までにだって何度も噂されてきた。

気にしていたらキリがないよね。

「そうそう。コネで入社したっていうよね。いいよね、うちらは厳しい入社試験をクリアしてきたっていうのにさ」

「いつもひとりでいるけど、なんなの？『私はあんたたちとは違う』って言いたいのかな？　お高くとまっているよね」

「そのくせ最近、昼休みに部長とふたりで楽しそうに話しているらしいよ。あざといよね、私たちとは必要以上に話さないくせに、専務や部長といった重役とは話すとか」

「部長も所詮男なんだね、若くて可愛い子には弱いんだ」

大きな声で言われる悪口に、歩くスピードは遅くなるばかり。

先輩たちの言う通り、就職試験全敗だった私は、この会社には口利きがあったから入社できたわけで、コネ入社だと言われても仕方ない。

けれど私は決してお高くとまっているつもりはないし、部長とだって……！

前方を歩く先輩たちは、笑い声をあげている。本当は違うのに、私のせいで部長まで悪く言われてしまった。

私と部長が昼休みに話しているところを、誰かに見られていたってことだよね？だから先輩たちも知っていたんだ。もしかしたら先輩たち以外にも、私のせいで部長のことを悪く言っている人がいるのかも。

そう思うと部長に申し訳なくて、昔の記憶が蘇る。

やっぱり私……人と話すのが怖い。部長と話せるようになって楽しくて嬉しくて、忘れていた。昔経験した、つらくて苦しいばかりだった日々を。

私はひとりでいるべきなのかも。そのほうが嫌な思いをすることもないし、誰かに迷惑をかけることもないのだから。

この日の昼休み、私はお弁当を持って屋上に向かった。これ以上、部長に迷惑をかけないように。それなのにこの一週間、部長と過ごした昼休みがとても楽しくて、久し振りにひとりで食べていると寂しい。

「美味しくないな……」

味付けはバッチリなのに、なぜか今日のお弁当は美味しいと感じない。

今までずっとオフィスで昼食を取っていて、この一週間は会話を楽しんでいたのに、急にオフィスで食べなくなって部長に変に思われたかな？

でも、これ以上噂が広まって部長に迷惑かけたくないもの。これでよかったんだよね？　もし部長に何か聞かれたら、『ほかの課の同期に誘われた』って言って、ごまかせばいい。

人が少ない屋上で昼休みを過ごし、オフィスへ戻った。

「桐ケ谷さん、ちょっとここ間違っていたから、直して再提出してもらってもいい？」

午後の業務が始まって一時間。

教育係の綾瀬さんに呼ばれて渡されたのは、午前中に提出した書類。丁寧に付箋《ふせん》が貼られた箇所を見ると、計算が間違っていた。

「すみませんでした！　すぐに直してきます」

頭を下げて、慌てて自分のデスクに戻る。最悪。仕事だけは完璧にやろうと決めていたのに、計算ミスしちゃうなんて。不甲斐ない自分に嫌気が差し、頭を抱え込む。

とにかく修正しないと。

すぐに書類の修正に取りかかろうとすると、不意に叩《たた》かれた肩。

驚いてすぐに振り返ると、すぐそばに綾瀬さんがいた。すると彼女は眉を下げ、私に『ちょっとあっちに行かない？』とジェスチャーしてきた。

「少し休憩しようか」

「え……でも」

さっき修正を頼まれたばかりなのに。

戸惑う私に、彼女は続けた。

「息抜きしよう。何か奢《おご》らせて」

「え……あの、綾瀬さん⁉」

綾瀬さんは強引に私の腕を引くと、そのままオフィスをあとにしていく。

こんな強引な彼女は初めてで、腕を引かれるがままついていくしかない私。

向かった先は、自販機が設置されている休憩スペースだった。

「桐ケ谷さん、レモンティーでいい？」

「あ、はい。すみません」

綾瀬さんはペットボトルのレモンティーをふたつ購入すると、ひとつを私に差し出し、近くの椅子に腰掛けた。そして、私にも座るよう促してくる。

本当は今すぐ逃げ出したい。綾瀬さんはいい人だと思うけれど、ふたりきりになってうまく話せる自信がないもの。もしかしたら、綾瀬さんを不快にさせてしまうかもしれない。でも、これはさすがに逃げられる状況ではない。

おずおずと歩み寄り、少しだけ距離を取って彼女の隣に腰掛ける。

どうして綾瀬さんは、私をここに連れ出したんだろう。もしかして仕事でミスしちゃったから？『息抜き』って言っていたけれど、教育係として私を叱《しか》るため？

考えていると、綾瀬さんはレモンティーをゴクリとひと口飲んだあと、ポツリポツリと話し始めた。

「二年前の入社したての頃ね、私……よく仕事でミスしていたの」

気まずそうにカラ笑いしながら言った彼女の話が信じられなくて、目を剝《む》く。

「え……綾瀬さんが、ですか？」

彼女は仕事が速く、ミスも少ない。若いのに一目置かれている存在。だからこそ、私の教育係にも抜擢《ばってき》されたと噂で聞いている。そんな綾瀬さんが、入社当時はよくミスしていたなんて。

唖然《あぜん》としていると、彼女はいつもよりワントーン高い声で言った。

「本当よ。毎日のように怒られていたわ。そんな私が辞めずに続けてこられたのは、当時、私の教育係を担当してくれていた先輩のおかげだったの。……残念ながら去年、寿退社しちゃったけどね」

そうだったんだ……。私に綾瀬さんがいたように、綾瀬さんにも教育係の先輩がいたんだ。

初めて聞く綾瀬さんの話に、口を挟むことなく耳を傾ける。

「その先輩がいてくれたから、辞めずに続けてこられたの。私もね、そんな先輩になりたいって思っていて。……だから、桐ケ谷さんの教育係を任された時は、精いっぱい頑張ろうって決めたわ」

そう言うと、彼女はまっすぐ私を見つめてきた。

いつもだったら目を合わせていられず、すぐに逸らしてしまうのに、彼女の真剣な瞳に逸らすことができない。

「配属当初から桐ケ谷さん、すごく肩に力が入っていたよね？　もしかして、ミスしないようにって気を張っているの？」

「それは……」

図星を突かれ、言葉が続かず口をキュッと結ぶ。

すると綾瀬さんは、私に訴えるように言葉を並べていく。

「もちろんそれは大切なことだし、誰だって皆ミスしないように頑張っていると思う。でも、時には失敗してもいいいんだよ？　そのために私がいるんだから。……だから何か困ったことや、悩んでいることがあったら、なんでも相談してほしい。今日の桐ケ谷さん、いつもと様子が違っていたからずっと心配だったの」

「綾瀬さん……」

彼女の優しさに胸が熱くなり、以前『誰だって最初からなんでもスマートにこなせる人間ばかりじゃない。皆失敗を繰り返すものだ』と言ってくれた謙信くんの言葉を思い出す。

綾瀬さんは配属当初から、いつも何かと私を気にかけてくれている。謙信くんと幼馴染みという噂が広まってからも、変わらずにずっと。もしかしたら彼女は、ほかの人とは違うのかもしれない。謙信くんのように、こんな私でも見放さず、理解してくれるかもしれない。

……けれど、脳裏に浮かぶのは今朝のこと。

部長のように私と仲良くしたせいで、綾瀬さんにも迷惑をかけちゃったら？　それだけは嫌。私のことをこんなに心配してくれる優しい人だからこそ、余計に。

レモンティーをギュッと握りしめ、彼女に伝えた。

「あの……ご心配ありがとうございます。でも、その……私なら大丈夫ですので」

いつになく明るく振る舞い、早口でまくし立てながら立ち上がった。

「書類のほう、修正して提出します。レモンティーごちそうさまでした」

彼女を見ることなく一方的に言い、大きく頭を下げて休憩スペースをあとにする。

「あ……桐ケ谷さん⁉」

すぐに背後から私を呼ぶ声が聞こえてきたけれど、足を止めることなくオフィスへと向かう。

本当は嬉しかった、綾瀬さんが私にかけてくれた言葉が。彼女ならきっと、うまく話せなくても最後まで私の話を親身になって聞いてくれるはず。だからこそ、頼るわけにはいかない。私のせいで迷惑をかけたくない。

オフィスに戻り、もう二度と仕事でミスしないよう集中した。

「……みれ、すみれ」

「――え、あっ……何？」

数日後の夜。キッチンで洗い物をしていると、書斎で仕事をしているはずの謙信くんに声をかけられ、ハッと我に返る。

すると謙信くんは、出しっぱなしだった水道を止め、小さなため息をひとつこぼすと私の顔を覗き込んできた。

「さっきから、手が止まったままだけど？」

「あ……ごめん、ちょっと考え事をしちゃってて」

再び蛇口を捻り、水を出して残りの食器を洗っていく。

けれど、謙信くんは疑わしそうな目で私を見つめたまま。

「考え事って？　どんなこと？」

「どんなことって……えっと……明日のご飯、どうしようかなって」

適当に笑ってごまかしたけれど、謙信くんはいまだに私を怪しげに見ている。嘘だってバレバレなのかもしれない。

それでもシラを切り通し、お皿の泡を流していると、謙信くんは「ふ～ん……」と言いながら私から離れ、冷蔵庫のほうへ行った。

ホッと胸を撫で下ろすものの、彼は冷蔵庫の中を見て、ある物を手に取った。

「すみれ、これ飲んでいい？」

「え……あっ！　それはダメッ」

慌てて水を止め、手を拭いて謙信くんのもとへ駆け寄り、手を伸ばすものの、ひょいと腕を上げられ、取ることができない。

それでも必死に跳ね手を伸ばす私に、謙信くんはニヤリと笑った。

「そういえばこれ、数日前からずっとあったよな？　すみれが買ったのか？」

「そ、そうなの！　あとで飲もうと思っていて……！　だからお願い、返して」

私が必死に手を伸ばしているのは、先日綾瀬さんに買ってもらったレモンティーだ。

「そんなに返してほしい？」

何度も首を縦に振るものの、謙信くんは返してくれる気配がない。

レモンティーを掲げたまま、私を見下ろす彼。

何か企《たくら》んでいるような悪い顔に、嫌な予感がする。

すると謙信くんがいきなり顔を近づけてきたものだから、思わず後ろにのけ反った。

「け、謙信くん……？」

ジリジリと詰め寄る彼に、一歩、また一歩と後退《あとずさ》りしていくと、壁に追いやられ、行く手を阻まれた。

そんな私に、再び彼は顔を近づけてきた。

「そんなに返してほしかったら、キス……してもいい？」

「え……えっ⁉」

キスって……冗談でしょ⁉

まさかの交換条件に一瞬フリーズしてしまうも、すぐに我に返り、大きな声をあげようとした。

けれど声にならなくて口をパクパクさせる私に、謙信くんは真顔で私との距離をさらに縮めてくる。

「言っておくけど、冗談じゃないから。それにすみれ……ちゃんと自覚してる？　俺と婚約しているって」

『それはもちろん！』と言うように、首をブンブン縦に振る。

「ならいいだろ？　……むしろ俺はそれ以上のこともしたいのに、我慢《がまん》しているんだから」

が、我慢って……っ！　嘘？　冗談？　それとも、またからかわれているだけ？

その間も、謙信くんは顔を近づけてくる。

このままではキスされてしまいそう。バクバクと高鳴る心臓。

彼は鼻と鼻が触れそうな距離で、ピタリと動きを止めると囁いた。

「それか、話してくれる？」

「……え？」

「このレモンティー、誰にもらったのか。……俺に飲まれたくないほど、大切な人からもらったんだろ？」

なぜか、彼の表情は苦しげに歪《ゆが》む。

初めて見る彼の顔に、目が点になる。

「言えよ、すみれ。……これ、誰にもらったのか」

余裕のない表情で言われ、背中に腕を回されていよいよ逃げられなくなる。

「えっ……あっ！　まっ、待って謙信くん！」

このままでは本当にキスされる！

慌てて両手で彼の胸元を押し、叫ぶように言った。

「綾瀬さんなの！　綾瀬さんに買ってもらったの！」

「……は？　綾瀬さん？　……って、確かすみれの教育係の？」

「そう！　嬉しくて、なかなか飲めなかったの！」

そこまで言うと、彼は張り詰めていた糸が切れたように、ゆっくりと私から離れた。

「そっか。……俺はてっきり」

「え？　何？」

首を傾げる私。

謙信くんの耳はほんのり赤く染まっていき、彼は恥ずかしそうに口元を手で覆った。

「謙信くん……？」

意外な姿に目を疑う。

すると彼は勢いよく私の身体を抱きしめた。

「わっ⁉」

突然の抱擁にパニックになり、ジタバタする私の身体を、謙信くんはギュッと力強く抱きしめた。

「このままでいて。……今の俺の顔、すみれに見られたくないから」

ボソッと囁かれた言葉に、トクンとなる胸の鼓動。

ちょっと待って。もしかしてさっきのって、ヤキモチ……？

いや、まさか謙信くんがヤキモチだなんて……。でも謙信くん、余裕がなさそうだった。誰にもらったのか、すごく気にしていたし。

信じられないけれど、信じてみたくなる。もしかしたら、嫉妬してくれたのかもしれないと。じわじわと体温が上昇する中、どれくらいの時間、彼に抱きしめられていただろうか……。

彼は小さく息を吐くと、身体をゆっくりと離した。

「悪かった」

「……ううん」

びっくりしたけれど、嫌じゃなかった。むしろ嬉しかったし。

嬉しさを噛み殺すように唇をギュッと結ぶと、彼は眉間に皺を刻んだ。

「じゃあ、ここ最近すみれの様子がおかしかったのは、何が原因なの？　俺はてっきり、誰か気になるヤツでもできたのかと思っていたけど、違うみたいだし」

「あっ、当たり前じゃない！」

あり得ない話にギョッとし、思わず大きな声を出してしまった。

そんな人、できるわけないじゃない。……謙信くん以外の人を、好きになれるわけがない。

けれど、すぐに我に返る。

ムキになっていつもより強い口調で言った私に、謙信くんは目を見張っていた。

「あ、えっと……そんな人いないから」

慌てて小声でもう一度否定すると、彼は私をジッと見つめてきた。

「じゃあ何があった？　教えてくれる？　教えてくれないなら、俺がこれ飲んじゃうけど」

そう言うと、彼は手にしているレモンティーをチラつかせた。

これは何がなんでも話さないことには、納得してくれなさそうだ。

「教えてよ、すみれ。……言っただろ？　なんでも話してほしいって」

「謙信くん……」

謙信くんは私の話を聞かされても、面倒に思わないのかな。だって私の今の悩みは、昔と変わらないことだ。変われるように協力してくれているのに、結局また同じことで悩んでいるのだから。

それでも謙信くんにだからこそ、聞いてほしいと思っている自分もいる。彼ならきっと、最後まで話を聞いてくれて、相談に乗ってくれると思うから。

話す覚悟を決めると、謙信くんは私の気持ちを汲《く》み取ってくれたのか、フッと表情を和らげた。

「コーヒーでも淹れて、リビングに行こうか」

「……うん」

ふたり分のコーヒーを淹れてリビングのソファに腰掛け、私は彼に胸の内を明かしていった。


「そうか、それですみれの様子がおかしかったんだな」

「……うん」

謙信くんは口を挟まず、私の話を最後まで聞いてくれた。でも、すべて話し終えると、彼は顎に手を当てて何か考え込みだした。

「謙信……くん？」

名前を呼ぶと、彼は言葉を選ぶように話しだした。

「話を聞いていて思ったんだけどさ、すみれは友達が欲しいんだよな？　なのに部長とお昼を食べないようにして、せっかく気遣ってくれた綾瀬さんのことも避けていたら、いつまで経っても友達なんてできるわけない」

核心を突く謙信くんに、返す言葉が見つからない。

すると、彼はいつになく厳しい口調で言った。

「すみれ……お前は今のままでいいのか？」

「え……」

真剣な瞳を向けられ、息を呑む。

「部長は急にお前に避けられて、傷ついているかもしれない。綾瀬さんだって、ますます心配しているかもしれない。……それなのに、このままずっと傷つくことを恐れて、ひとりでいるつもりか？」

謙信くんの言葉が強く胸を打つ。

「すみれは迷惑をかけたくないって言うけど、それはすみれの考えであって、ふたりは違うかもしれないだろ？　迷惑だなんて思っていないかもしれない」

そう、かもしれない。かも……しれないけど、どうしても昔の記憶がよぎる。

何も言えずにいると、容赦《ようしゃ》なく謙信くんは続ける。

「お前は結局、逃げているだけだ」

「……っ」

謙信くんの言う通り、私はただ理由を並べて逃げているだけだと思う。

迷惑かけたくないって思いながら、本音は単に傷つきたくないから。もう昔のような嫌な思いをしたくないからだ。

それなのに、なぜだろうか。謙信くんに言われっぱなしで悔しいと思うのは。彼が言っていることは正しいのに。それなのになぜ？

抱いた感情に、イラ立ちと戸惑いを隠せなくなる。

「俺はずっと、すみれの一番の理解者でいたいと思う。……でもすみれ、変わりたいんだよな？　なのに、どうして前に進もうとしない？」

「だってっ……！」

「そうやって、また言い訳をして逃げるのか」

謙信くんは私の声を遮《さえぎ》ると、立ち上がって厳しい目で私を見下ろした。

「なら、いつまでも逃げて、自分の殻に閉じこもっていればいい」

そう言うと、彼は冷蔵庫からミネラルウォーターを取り、こちらを見ることなく書斎に入っていった。

バタンとドアが閉まる音が異様に冷たく聞こえると、急に手が震えだす。

胸元で両手をギュッと握りしめるも、震えは止まらない。あんな謙信くん、初めて見たから。

謙信くん、怒ってた。……嫌われてしまったかもしれない。

「どうしよう……」

立ち上がって書斎に向かうも、途中で足が止まる。

今行っても、口を利いてくれるわけがない、よね。

引き返して、再びリビングのソファに力なく腰掛けた。そして見つめるのはテーブルの上にある、綾瀬さんにもらったレモンティー。

数日前に買ってもらった物を、飲まずに大切に取っておく時点で、謙信くんに私の気持ちなんてバレバレだったのかも。自分の気持ちをごまかして、逃げているだけだって。

でも仕方ないじゃない、やっぱり怖いもの。皆が皆、同級生や悪口を言っていた先輩ばかりじゃないってわかっているけれど、恐怖心を拭《ぬぐ》い切れない。仲良くなれたとしても、嫌われたら？　幻滅されたら？　さっきの謙信くんみたいに、拒絶されてしまったら？

想像するだけで怖い。……でもこんな自分が一番嫌い。逃げたくせにウジウジ悩む自分なんて、謙信くんに嫌われて当然だよ。

そう思っているのに、勇気を出せない。変わりたい、人と普通に話せるようになりたいって思いはあるのに、昔から変われない、臆病な私のまま。

この日の夜、謙信くんが書斎から出てくることはなかった。

仲直りにはとびっきり甘いキスをしましょう

「五番線、間もなく列車がまいります。黄色い線の内側までお下がりください」

ホームにアナウンスが鳴り響く。

間もなく電車が到着すると、満員電車に乗り込んだ。

あの日から二日。

一緒に暮らしているのに、謙信くんとはずっと顔を合わせていない。

昨日の朝、起きると彼はすでに出勤していていなかった。代わりにテーブルの上には【しばらく忙しくなるから】という書き置きが残されていた。

夜も私が眠るまで帰ってこなくて、今朝起きると彼は家を出たあとだった。仕事だって言うけれど、本当は私に会いたくないから『忙しい』って嘘をついているのかもしれない。

私……本当に謙信くんに嫌われちゃったのかも。

昨日から、久し振りに乗った満員電車。目的の駅に着くまで、ひたすら耐える。

幼い頃からずっとそばにいてくれて、しばらく会えなくても会えばいつも優しかった。一番の理解者で、つらい時は支えてくれた人。そんな彼に初めて向けられた、冷たい視線。

瞼を閉じると、一昨日《おととい》の夜の出来事が鮮明に蘇る。

電話やメールをすればいい。同じ会社に勤めているのだから、会いに行けばいい。

彼に会って謝る機会は、いくらでもある。

それなのに、私は勇気を出すことができずにいた。

何より今のままの私では、謙信くんは見向きもしてくれないよ。私が変わらないと。

そうわかっているのに、昨日も、部長にも綾瀬さんにも話しかけることができなかった。

また部長と一緒に昼休みを過ごしたい。気にかけてくれた綾瀬さんにお礼を言って、できれば相談に乗ってほしい、話を聞いてほしい。

その思いはあるのに、勇気が出ない。同じオフィスの先輩たちの姿が目に入ると、余計に。

結局、昨日は臆病な自分に勝てなかった。だから、今日こそは勇気を出したい、逃げてばかりじゃ変われない。

……謙信くんも私にそう言いたかったんだ、って信じてもいいよね？

昔から私のことを知っているからこそ、突き放してくれたんだって。……嫌われたわけじゃないって。

不安に襲われながら、電車に揺られていった。


「桐ケ谷さん、報告書のコピーをお願いしてもいい？」

「わかりました」

先輩に頼まれた報告書を受け取り、コピー機で三十部ずつコピーしている間、チラチラと見てしまうのは、部長と綾瀬さんの姿。

部長は電話で話し中。

綾瀬さんは、パソコンで書類を作成しているところだった。

綾瀬さんとは仕事のやり取りで話をするけれど、部長とはずっと話せないまま。挨拶を交わす程度だ。その際、どうしても顔を見ることができずにいる。

部長……どう思っているかな。でも嫌な気持ちにさせたことは、間違いないよね。

私が部長の立場だったら、ショックだから。

そんな思いを部長にさせているのかと改めて思うと、胸が苦しくなる。

謙信くんの言う通り、迷惑をかけるだけって思っているのは私。勝手にそう決めつけて避けるなんて、最低だよね。

オフィス内を見回すと、例の先輩たちの姿が目につく。

また部長とふたりで昼休みを過ごしていたら、何か言われるかもしれない。でも、今のままでいいわけがない。何言われたって……！

自分を奮い立たせ、早く昼休みになることを願うばかりだった。


そして迎えた昼休み。

社内中にチャイムが鳴り響くと、オフィス内は騒がしくなる。

仕事を切り上げ、先輩たちは各々立ち上がって、オフィスをあとにしていく。

昨日までの私だったらすぐに席を立っていたけれど、今日は座ったままパソコンを閉じ、バッグの中からお弁当を取り出した。

十分も経てば、オフィスには私と部長のふたりっきりになる。

静かな室内でお弁当箱を開け、食べ進めていると、感じる視線。そっと顔を上げると、新聞を読んでいた部長と目が合った。

けれど、すぐに視線を逸らされたので、思わず声をあげた。

「あっ……あの！　部長、すみませんでした！」

オフィス中に響く自分の声。

思った以上に大きな声が出てしまい、自分で驚く。

けれど私以上に驚いているのは部長で、私を凝視したまま目をパチクリさせている。

ここで押し黙ったら私、もう二度と部長に素直な気持ちを伝えられない。そう自分を叱咤《しった》し、彼に伝えた。

「私っ……小さい頃、友達に仲間外れにされてから、人と関わるのが怖くてうまくできなくて……。だから、部長とお話できるようになって、嬉しかったし楽しかったんです！　でも私と話したせいで、部長が悪く言われているのを聞いてしまって……」

しどろもどろになりながらも、必死に伝えていく。

すると部長は、安心したように微笑んだ。

「そう、か……。それで最近、ここでお昼を食べていなかったんだね」

納得したように頷くと、彼は手にしていた新聞を折り畳んだ。

「桐ケ谷さんは僕に迷惑をかけると思って、急にいなくなったんだね」

確認するように問われた質問。

でも、頷くことはできない。だって違うから、私が部長と一緒にお昼を取らなくなったのは――。

「いいえ、違います」

「……えっ？」

驚く部長に、自分の本音を打ち明けた。

「私……怖かったんです。また昔のように悪口を言われて、仲間外れにされるのが。だったら、最初からひとりでいたほうがいい。そうすれば傷つくこともないから。本当は部長と料理の話をしたりして過ごす昼休みが、待ち遠しいほど楽しみだったのに」

「桐ケ谷さん……」

それなのに、理由をつけて逃げた。傷つきたくなかったから。

「すみませんでした」

最後に謝罪の言葉を繰り返すと、少しして部長は口を開いた。

「謝ってくれたのは、これからも僕と、料理友達として接してくれる……そう思ってもいいのかな？」

「……え」

部長は私を見据え、力強い声で言った。

「桐ケ谷さんと、もっと料理の話をしたいと思っているよ。どうして桐ケ谷さんと話すと悪く言われるのか理解できないけど、僕は何を言われても気にしないから」

「部長……」

そう言うと、部長は目尻に皺を作って微笑んだ。

「たまにでいいので、料理の話をしよう。もっと桐ケ谷さんから、レシピを教わりたいしね」

それは私のほうだ。もっと部長と話がしたい、料理の話を聞きたい。

「……はい！」

力強く答えると、部長は早速料理の話を始めた。

嬉しかった。『僕は何を言われても気にしないよ』って言ってくれて。そして勇気をもらえた。

私……今までずっと周囲の目を気にしてばかりだった。また悪く言われたらって思うと不安で、私と話してもつまらないって言われるのが怖かったから。

でも、周囲に何を言われたって、気にしなければよかったんだ。だって、ほかの人にどう思われようと関係ない。

私が『仲良くしたい』『話をしたい』って思う相手の気持ちが一番大切だったんだ。

少しだけ自信が持てた私は、昼食を取りながら、久し振りに部長との話に華を咲かせた。

「ヤバい、遅くなっちゃった」

部長との話は尽きなくて、トイレに行く時間がいつもより遅くなってしまった。早く済ませないと、先輩たちと鉢合わせしてしまう。

化粧室はまだガランとしていて、人の気配がない。ホッとして個室に入ったものの、すぐに騒がしい声が聞こえてきた。

「あーあ、午後の勤務つらい」

「今日中に請求書を仕上げなくちゃいけないんだっけ？」

「あー、あれ面倒だよね」

この声は……例の先輩たちだ。どうやら化粧直しに来たようで、洗面台のほうから声や音が聞こえる。

どうしよう。出るタイミングを完全に失った。

先輩たちは仕事の愚痴《ぐち》で盛り上がっていて、出ていきづらい雰囲気。

まだ昼休みが終わる時間まで十五分あるけれど、いつまでも個室にこもっているわけにはいかない。

普通に出て、サッと手を洗って去ればいいよね。

『よしっ』と覚悟を決めたものの、次の瞬間、聞こえてきた声に足が止まる。

「そういえば、桐ケ谷さん。最近ますますツンとしちゃって愛想《あいそ》なくて、可愛くないよね」

「言えてるー！　綾瀬さんが声をかけても素っ気ないとこ見た⁉　何様ですかって感じだよね」

聞こえてきた自分の話に、ドキッとする。

「一番下っ端のくせに生意気。愛想よくしろっつーの！」

声をあげて笑いだした先輩たちに、拳をギュッと握りしめた。

もしかしたら、先輩たちは誰かを悪く言いたいだけなのかもしれない。日頃のストレスを発散するために、誰かを標的にして鬱憤《うっぷん》を晴らしたいだけなんじゃないかな。

そう思うと、先輩たちの言動をいちいち気にして部長を避けたり、声をかけてくれた綾瀬さんとまともに話せなかった自分が、バカらしく思えた。

周囲の目なんて気にしないで、自分の思うがまま行動すればよかった。

「下っ端は愛想よくしてなんぼだよね。たいして仕事もできないくせに」

「それで自分はできると思ってるんじゃない？　あぁいうタイプの子って」

「言えてるー」

再び大笑いする先輩たちに、悔しさが込み上げたその時だった。

「桐ケ谷さんのこと、何も知らないのに悪く言うのはやめていただけませんか？」

聞こえてきたのは、先輩たちに啖呵《たんか》を切る声。

え……綾瀬さんだよね？

聞こえてきた意外な人物の声に、耳を疑う。驚いているのは私だけではないようで、先輩たちも誰ひとり口を開かない中、綾瀬さんは声を張り上げた。

「桐ケ谷さんは誰よりも努力家で、仕事に一生懸命な子です。素っ気なくなんてありません！　先輩たちみたいに悪く言う人がいるから、自分を出せないだけです‼」

綾瀬さん……。理解してくれていたんだ、私のこと。だから、いつも声をかけてくれていたのかな？　それなのに私……っ！

彼女の優しさに、涙がこぼれ落ちる。

これまでの臆病な自分が憎い。どうして、もっと早く勇気を出さなかったんだろう。私……今までどれだけ損して生きてきたの？　もしかしたら気づけなかっただけで、私のことを理解してくれる友達と出会えていたかもしれないのに。

「いい加減、新入社員が配属されるたびに、その子のことを悪く言うのはやめていただけませんか？　先輩たちのせいで、何人辞めたか……！　先輩たちが、しっかり私たち後輩を育ててください」

きっぱり言い放った綾瀬さんに、先輩たちは堰《せき》を切ったように口を開いた。

「はぁ？　何それ！　綾瀬さん、どういう意味⁉」

「まるで、私たちが悪いことしているみたいじゃない！」

「それが先輩に対する口の利き方⁉」

化粧室中に先輩たちの罵声《ばせい》が響き渡り、思わず肩がすくむ。

けれど綾瀬さんが怯《ひる》むことなく「真実を述べたまでです！」とはっきり言った瞬間、勢いよく個室のドアを開いていた自分がいた。

まさか中に私がいるとは、思ってもみなかった先輩たちや綾瀬さんは、私を見て目を白黒させている。

どうしよう、勢い任せに出てきちゃったけれど……いざ先輩たちを目の前にするとやっぱり怖い。でも……。

唖然としている綾瀬さんを見る。

綾瀬さんは、こんな私のために先輩たちに啖呵を切ってくれた。庇《かば》ってくれた。……私のことを、理解してくれていた。

それなのに私は？　このままずっと勇気を出せず、逃げて臆病な自分でいいの？

そんなわけないよね？

自分を奮い立たせ、先輩たちと対峙《たいじ》した。

「な、何よ、桐ケ谷さん」

先手とばかりに棘《とげ》のある声を発した先輩に、拳を握りしめて叫ぶように言った。

「あのっ……！　私は昔から人と話すのが苦手でしてっ……！　だから、決してお高くとまっているわけでも、人を選んで話しているわけでもありません！」

話しだした私に、先輩たちは顔をしかめた。

「はぁ？　何言って――」

「そっ、それに！　部長とは料理が好きという共通の趣味で、意気投合しただけでして！　専務とは幼馴染みで、こんな私のことを理解してくれているから、唯一、昔から話せる存在なんです」

先輩の声を遮って言うと、これには先輩たちも目を見張った。

「こっ、こんな性格なので先輩たちがおっしゃっていた通り、就職試験は惨敗でコネ入社です！　でも、だからこそ仕事は一生懸命やろうと思って、今日までやってきました！　……それでも私は誰かと仲良くしたり、何かするたびに先輩たちに悪く言われなくちゃいけないのでしょうか？」

途端に、先輩たちの表情は一変。険しさを増していった。

「何それ！　どうしてあんたに、私たちがそこまで悪く言われなくちゃいけないわけ？」

「桐ケ谷さんが何しようが、私たちには関係ないし！」

「だったら！　……だったら綾瀬さんの言う通り、もう誰のことも悪く言うのはやめてください。そして、言われたほうの気持ちを考えてほしいです。どれだけ傷つくか……」

　昔の私も今の私も、たくさん傷ついた。悲しくて苦しくて、臆病になるばかりで。言われる側にならないと、なかなか理解できないと思う。だからこそ、正面切ってちゃんと伝えるべきだったんだ。

　そんな思いで先輩たちを見つめるものの、彼女たちは吐き捨てるように言った。

「別に誰がどこで何を言おうと、関係ないでしょ？」

「そうよ、私たちの話を勝手に聞いて、勝手に傷ついているだけじゃない」

「そんなの私たちに関係ないし」

　口々に文句を言う先輩たちに、たまらず綾瀬さんは「いい加減にしてください！」と声をあげた。

　けれど先輩たちは気にする素振りも見せず、鼻で笑っている。

その姿にカチンときてしまい、思わず口走った。

「でしたら、私も好きに言わせていただきます！　専務……謙信くんに先輩たちのことを話します！」

謙信くんを利用するみたいで言いたくなかったけれど、先輩たちのあまりの態度に、言わずにはいられなかった。

案の定、謙信くんの名前を出すと、先輩たちは急に焦りだした。

「何言って……」

そんな彼女たちに、まくし立てていく。

「謙信くんとは、昔から家族ぐるみの付き合いなんです。今もよく会っていますし、『仕事はどうだ？』って気にかけてくれています。だから、言わせてもらいますね、今日のことを。……別にいいんですよね？　先輩たちが好き勝手いろいろなことを言うように、私がどこで誰に何を話しても」

強気で言うと、先輩たちは互いに顔を見合わせた。

「バカみたい、ムキになっちゃって。もう誰の悪口も言わないし」

「そんな子供みたいな遊び、もうしないいし」

「行こう」

口々に言いながら、慌てて化粧室から出ていく先輩たちに、ホッと胸を撫で下ろす。

取り残された私と綾瀬さんは目が合うと、どちらからともなく笑ってしまった。

「やだ、先輩たちってばわかりやすい。あんな、負け犬の遠吠《とおぼ》えみたいなことを言うなんて」

「はい、本当に」

張り詰めていた糸が切れたように、心から笑っている自分がいる。

ずっと、こんな風に人と対峙するのが怖くて逃げていたのにな。

謙信くんを利用して、あんなことを言っちゃったことに罪悪感を覚えるけれど、勇気を出して自分の言いたいことを言うことが、こんなにも清々《すがすが》しいとは知らなかった。

ひとしきり笑ったあと、綾瀬さんは私の目を見て微笑んだ。

「嬉しかった。初めて桐ケ谷さんの本音を聞くことができて」

「あ……それは私のほうです！　……嬉しかったです、綾瀬さんに私の気持ち、理解してもらえていたことが。それなのに私……今まですみませんでした！」

謝罪して大きく頭を下げた。

先輩たちに立ち向かって庇ってくれて、本当に嬉しかった。だから私も、勇気を出すことができたんだ。

初めて自分の気持ちを相手にぶつけることができた。綾瀬さんのおかげで。

「桐ケ谷さん、顔を上げて。……それに私、桐ケ谷さんに謝ってほしいなんて思っていないから」

顔を上げると、彼女は優しい眼差しを向けていた。

「私は桐ケ谷さんと仲良くしたいの。先輩後輩としても、友達としても。……いいかな？　こんな私でも」

「綾瀬さん……」

ずっと欲しかった言葉に、視界が涙で滲《にじ》む。

「それは……私のほうです。綾瀬さん、話を聞いてくれますか？　……こんな私と仲良くしてくれますか？」

震える声で尋ねると、彼女は大きく頷いて言った。「もちろん！」と。

先輩たちと大きな声で話していたせいか、何人かが遠目にチラチラと様子を窺っていて、私たちはそそくさと化粧室をあとにした。

オフィスに戻る途中、綾瀬さんは言った。

「真面目で一生懸命で、でもどこか放っておけなかった。桐ケ谷さんのことを知れば知るほど、不器用で臆病な子なんだってわかってきて。だからこそ、もっと話がしたいと思っていたの」って。

それを聞いて、私はまた嬉しくて泣きそうになった。同時に私のこと、知ってほしいと願った。

私も綾瀬さんのことをもっと知りたい。いろいろな話がしたい。仕事でもプライベートでも仲良くしてほしい。

知らなかった。少しの勇気を出せば、こんなにも世界が広がることを。それを教えてくれたのは彼だ。


「お先に失礼します」

「お疲れさま、また明日ね」

「……はい！」

仕事を終えて綾瀬さんに挨拶すると、言葉を返してもらえたのが嬉しくて、自然と大きな声が出てしまった。

綾瀬さんとは昼休みが終わる前に、連絡先を交換した。近いうちに、仕事終わりに食事に行く約束をして。

まだ残っている先輩たちにも挨拶を済ませ、早足でオフィスを出る。

エレベーターホールに向かう途中、バッグから取り出したのはスマホ。謙信くんに伝えたい。『謙信くんのおかげで勇気を出せた。新しい自分になれた』って。

はやる気持ちを抑え、通話をタップしようとしたその時、いきなり後ろから腕をつかまれた。

「キャッ!?」

すぐに口を塞《ふさ》がれパニックになる中、頭上から聞こえてきたのは彼の声だった。

「すみれ、俺だよ」

——え、この声って……。

ゆっくり見上げると、すぐ近くには、二日ぶりに見る愛しい人の顔。

目が合うと、謙信くんは目を細めた。

「こっちにおいで」

口元から手を離すと、謙信くんは私の手を引き、周囲を警戒しながらすぐ近くにあった資料室に入った。

鍵をかけると、彼はまっすぐ私を見つめてくる。

いつもの優しい彼の笑顔に、涙腺が緩みそうになる。

「よかったよ、会えて」

「謙信くん……」

そう言うと彼は手を伸ばし、そっと私の頬に触れた。

謙信くんの手は思いの外《ほか》冷たくて、一瞬目を閉じてしまう。

けれどすぐに開ければ、愛しそうに私を見つめる彼の瞳に、胸が鳴る。彼の手が私の頬を撫でるたびに、トクン、トクンと音をたてていく。

「聞いたよ、昼休みのこと」

「えっ……昼休みのこと？」

ドキドキしていて、すぐに理解ができず聞き返すと、謙信くんはクスリと笑みをこぼした。

「化粧室ですみれがケンカした、って話」

「ケンカって……えっ！　違うよ⁉」

否定するも、彼は笑ったまま続けた。

「しかも俺の名前まで出して、相手を脅したんだって？」

片眉を上げて聞いてきた謙信くん。

脳裏に浮かぶのは、先輩たちに言った自分の言葉。

あの時は悔しくて思わず言っちゃったけれど、遠目に聞いていた人にはそう取られても、おかしくない。

「ごめんなさい！　……謙信くんの名前を出したりして」

気分悪くしたよね？

すると、頬に触れていた手はゆっくりと離れていく。

恐る恐る顔を上げると、謙信くんは首を横に振った。

「いいよ、いくらでも俺の名前を出してくれて。むしろ俺としては、『謙信くんと私は婚約していて、近々結婚予定なんです！』って言ってほしかったくらい」

「いや、それはさすがにっ……！」

ギョッとして慌てる私の身体を、彼は優しく包み込んだ。

「けっ……謙信くん!?」

突然の抱擁にアタフタする私。

謙信くんはそんな私の存在を確かめるように、何度も背中や髪に触れてくる。

昔からいつもそう。私がつらい時や悲しいことがあった時、そして頑張った時は、今みたいに抱きしめてくれて、背中や髪を優しく撫でてくれた。

その心地よさに、次第にここが会社ということも忘れて、彼に身体を預けた。

「謙信くん……」

「ん？」

甘い声で答えた彼に、そっと尋ねた。

「もう……怒っていないの？」

二日前、彼は怒っていたはず。それは私が臆病で弱虫だったから。

でも、二日間ずっと避けられていたのに、こうして会いに来てくれたってことは、もう怒っていないって思ってもいいのかな？

少しだけ顔を上げて彼を見ると、謙信くんは口角を上げた。

「あぁ、もう怒っていないよ。……勇気を出して前に進んだすみれのこと、早くこうして抱きしめて、褒《ほ》めてやりたかった」

私の額に、自分の額をコツンとくっつけてきた謙信くん。

視界いっぱいに広がる彼の笑顔に、身体中が熱くなる。

謙信くんは、頭をグリグリと押しつけてきた。まるで私の反応を見て楽しむかのように。

「けっ、謙信くん？」

「んー？　何？　悪いけど、まだ離してやらないよ」

「えっ？」

そう言うと謙信くんはおでこを離し、私に問いかけた。

「どうだった？　勇気を出した感想は。……まぁ、今のすみれの顔を見たら聞くまでもないけど」

まるで私の言いたいこと、思っていることなどお見通しだと言わんばかりの口ぶりに、目をパチクリさせる。

「……頑張ったな、すみれ」

再び彼に力いっぱい抱きしめられ、胸が熱くなる。

やっぱり謙信くんは、私のためを思って厳しいことを言ってくれたんだ。私が勇気を出して、前に進めるように。

彼の優しさに、これまでのいろいろな感情が込み上げる。

「ありがとう……謙信くん」

ポツリと感謝の気持ちを呟いたあと、部長や綾瀬さん、先輩たちに伝えたように、自分の本音を吐露した。

「私が勇気を出せて、部長や綾瀬さんに自分の気持ちを伝えることができたのは、謙信くんのおかげ」

幼い頃は、落ち込む私のそばに寄り添ってくれていた。いつも気にかけてくれて、嫌な顔ひとつ見せずに相談に乗ってくれたよね。そして、『変わりたい』って言った私の背中を押してくれた。

謙信くんがそばにいてくれなかったら、って思うと怖くなるほど、彼の存在は大きなものになっている。だからこそ伝えたい。

顔を上げ、彼の瞳をしっかり捕らえ、笑顔を向けた。

「昔からずっとそばにいてくれて、勇気をくれてありがとう」

「すみれ……」

瞬きもせずに驚く謙信くんに、照れ臭くなる。こうやって面と向かって、彼に『ありがとう』って伝えたのは初めてだから。

彼の胸の中でモジモジしていると、彼の手が顎に添えられ、視線を合わせられた。

「えっ……」

至近距離の彼は、苦しそうに表情を歪めている。

どうして？　なぜ？

疑問ばかりが、頭の中を埋め尽くす。

「謙信……くん？」

名前を呼んでいる間に、距離を縮めてくる彼は妖艶《ようえん》で釘付けになる。

「すみれ……」

掠《かす》れた声で囁かれた私を呼ぶ声に、身体がゾクリと震えた。

キス、されちゃう。

そう思った瞬間、頬に触れた柔らかい感触に、瞼をギュッと閉じる。

すぐに離れていく唇。

そのスピードに合わせて瞼を開けると、色気を含んだ彼の眼差しに、息が詰まる。

え……と、今、頬にキスされたよね？

一瞬の出来事に、頭の中は真っ白。けれどじわじわ実感していき、顔が熱くなる。

それでも彼から視線を逸らせず、鼻が触れそうなほどの至近距離で見つめ合っていると、不意に彼の親指が私の下唇に触れた。

「キスしたこと、謝らないからな」

「え……？」

「可愛すぎるすみれが悪い」

かっ、『可愛すぎる』って……！　金魚みたいに口をパクパクさせるだけで、どんな顔をしたらいいのかわからなくなる。

すると謙信くんは、眉根を寄せた。

「ほら、その顔」

「え……わっ⁉」

再び頬にキスが落とされ、ずいぶんと色気のない声が漏れてしまう。

そのまま謙信くんは、私の耳元に口を寄せた。

「俺以外の男の前でそんな顔、絶対するなよ」

そんな顔って、どんな顔？

けれど、今の私には考える余裕などない。耳元で甘い声で囁かれ、心臓が壊れてしまいそうだ。

『はい』と言うように何度も頷くと、やっと身体が解放された。

「そろそろ戻らないと。すみれ、ひとりで帰れるか？」

謙信くんは、腕時計で時間を確認しながら聞いてきた。

「うっ、うん……大丈夫」

恥ずかしくてうつむいたまま答えると、彼は私の頭を撫でて顔を覗き込んできた。

そしていつになく不安げに眉尻を下げると、そっと尋ねる。

「さっきのキス、嫌だった？」

さっきのキスが嫌？　ううん、そんなわけない。嫌なわけがない。

すぐに否定したいのに、まだドキドキして声が出ず、首を横に振ると、謙信くんは安心したように小さく息を漏らした。

「そっか。……じゃあ、これから少しずつ恋人らしいことをしていこうか」

「……えっ、恋人らしいこと？」

聞き返すと、謙信くんは満面の笑みを見せた。

「あぁ。手を繋いだりハグしたり、キスしたり。普通の恋人がするようなことをしていこう」

笑顔で言われるものの、私の顔は今、真っ赤に染まっているに違いない。

私と彼は婚約しているし、恋人同士がするようなことをしても、おかしくはないのかもしれないけれど……ダメだ、想像しただけでドキドキして倒れそう。

そんな私に、謙信くんはダメ押しのひと言を放った。

「それに結婚したら、やっぱ子供は欲しいし。……すみれだって欲しいだろ？」

こ、子供って……！　謙信くん、本気で言っているの⁉

固まる私に、彼は最後に耳元でこう囁いた。

「そんな未来のためにも、すみれ。……早く俺を好きになって」

「……っ⁉」

咄嗟に耳元を手で押さえると、謙信くんはニヤリと笑ったあと、「帰る前に、連絡する」と言って颯爽《さっそう》と資料室から出ていった。

ドアが閉まり、静寂に包まれる資料室内で、私の心臓は忙《せわ》しなく動く。

謙信くんと仲直りできたのは嬉しいし、頬にキスされたのだって嫌じゃなかった。で、でも子供って……‼

私、謙信くんのそばにいたい一心で婚約を承諾してしまったけれど……安易すぎたかもしれない。謙信くんの言う通り、結婚するということはつまり、そういう男女の関係になるっていうことで、その先には子供も……。

再びそこまで想像したところで、私の頭は容量オーバーに陥る。

でも……次第に冷静になってくると、謙信くんにキスされて単純に舞い上がってなんていられなくなる。

私は謙信くんのことが好き。……でも謙信くんは違うよね？　人を好きになる気持ちがわからない、って言っていたもの。

私のことを好きじゃないのに、頬にとはいえ、キス……できちゃうんだ。キスのその先だって、気持ちがないのに経験があるんだよね？

そう思うと、複雑な気持ちになる。結婚式では永遠の誓いの証として、キスをする。

社長が謙信くんにお見合いを勧めてまで結婚してほしいのは、きっと跡継ぎを望んでいるからだよね？　もしこのまま本当に結婚しちゃったら、私と謙信くんの関係は大きく変わるんだ。ただの幼馴染みじゃなくなる。

幼い頃から、謙信くんのお嫁さんになりたいって何度も願ってきた。それが現実になるかもしれないけれど、やっぱり喜べない。彼に恋愛感情はないのだから。

それなのに、普通の恋人や夫婦がするようなことをするんだよね？　私……それで本当に幸せになれるの？

だからこそ、謙信くんに好きになってもらえるように頑張ろうって思っていたけれど、もし好きになってもらえずにそのまま結婚する未来が訪れたら、私はどうなるんだろう。

さっきみたいにキスされてドキドキして、舞い上がっていられる？　嫌じゃないからって、受け入れることができるの？

彼との未来を考えれば考えるほど、不安になるばかりだった。

彼の秘密に触れた時──


謙信くんと仲直りして一ヵ月。

避けられていた二日間のことを考えたら、贅沢《ぜいたく》な悩みだってわかってはいるんだけど……今の状況は今の状況でちょっと困っている。

「あの……謙信くん？」

「ん？　どうした？」

どうした？

なんて聞いてくる彼は、並んでソファに座りテレビを見ている私に、ぴったりと寄り添っている。

「えっと……ちょっとテレビに集中できないんだけど」

謙信くんの体温を感じるほど密着されたら、緊張しすぎて楽しいバラエティ番組も笑えそうにない。

少しだけ距離を取りながら言うものの、すぐにまた謙信くんはピタリと私に寄り添った。

「そうか？　俺は集中できるけど」

そう言って肩に腕を回し、私の身体を引き寄せる彼に、私はタジタジ。

もちろん嫌悪感はない。謙信くんの温《ぬく》もりを感じると安心するし、やっぱり嬉しいと思えてしまうから。

彼に体重を預けるものの、頭の中は疑問が浮かぶ。

最近の謙信くんはどこかおかしい。これまでにも何度か過剰なスキンシップはされてきた。それに、一ヵ月前には頬にキスもされたし。

あの日、『これから少しずつ恋人らしいことをしていこうか』って言われたけれど、あの日以来、実は一度もキスをされていない。……いや、むしろ謙信くんは私のことを好きじゃないのだから、キスされないほうがいいんだけど。

その代わり、スキンシップが増えた。今みたいにのんびりしている時は、くっついてくる。気になることはほかにもある。

「あ……そうだ謙信くん、明日は私、帰りに沙穂さんとご飯食べてくるから、遅くなるね」

抱き寄せられたままテレビを見ている最中に思い出して言うと、彼の身体がわずかに反応した。

綾瀬さん改め沙穂さんとは、お互い『沙穂さん』『すみれちゃん』と呼び合う仲になり、この一ヵ月の間に二度食事に行った。

最初は緊張でうまく話せなかったものの、アルコールの力も借りて次第に自然と話せるようになり、だいぶ遅くまで盛り上がった。

初めて心からなんでも話せる人と出会えて嬉しくて、私は謙信くんに夜な夜な沙穂さんの話をしていた。

最初の一週間ほどは、謙信くんも嬉しそうに聞いてくれていたんだけど、それ以降、なぜか沙穂さんの話をすると、表情が曇《くも》り始めた。そして今では沙穂さんの名前を口にしただけでこの反応。

チラッと彼を見上げると、複雑そうな顔で私を見ていた。

「謙信……くん？　ごめん、もしかして明日、何か用事があった？」

不安になり聞くと、すぐに彼は表情を緩めた。

「いや何もないよ。……わかったよ。じゃあ、明日は俺も外で済ませてくる」

そう言うと彼は私から離れ、立ち上がった。

「先に風呂入るな」

「あ……うん」

そのまま浴室へと消えた彼に、首を傾げてしまう。

「やっぱり謙信くん、おかしいよね？」

私になんでも話せるような友達ができることを、謙信くんは誰よりも願ってくれていた。それなのに、なぜ？

点《つ》けっぱなしのテレビを見るものの、集中できない。

沙穂さんの話をすると、急によそよそしくなる。もしかして謙信くん、私が毎日沙穂さんの話ばかりしているから、うんざりしているのかな？　そういえば私……いつも自分の話を聞いてもらってばかりで、謙信くんの話ってあまり聞いていない。

あれ……でも謙信くんっていつもそうだよね？　昔から自分のことはあまり語らず、常に聞き役に徹していた。

好きな食べ物やよく見るテレビ番組、そういった日常的なことは一緒に暮らし始めてから知ることができたけれど、私は謙信くんのすべてを知り得ていない。この前、親友の存在を教えてくれたけれど、もっと知りたいことがたくさんある。

どんな学生生活を送ってきたのか。趣味は？　話してくれないかもしれないけれど、仕事はつらくないのかな？

愚痴とか弱音なんて、私には一切見せないし聞かせてくれないけれど……ストレスたまっていない？

気になりだすと止まらなくなる。でも、聞いたところで彼は話してくれなそう。

そんな私が婚約者だなんて言えるの？　私だけ助けられて、守られていていいのかな？　私だって謙信くんにとって、そんな存在になりたいのに。彼に好きになってもらうには、弱音を吐ける、甘えてもらえる存在にならないといけないんじゃないかな。

謙信くんから見たら私なんて妹だろうし、頼りにならないかもしれないけれど、私にだって話を聞いて、謙信くんの気持ちに寄り添うことはできる。

いつか私、謙信くんにとってそんな存在になることはできる？

謙信くんと暮らし始めてから、欲張りになるばかりだった。


「えー、それは当たり前の感情じゃないかな？　好きな人に自分のことを好きになってほしいと思うし、頼られたいし、甘えてほしいよー」

「や、やっぱり沙穂さんもそう思いますか？」

「もちろん」

次の日の仕事終わり。沙穂さんとやってきたのは、会社近くの和風料理と美味しいお酒が楽しめる居酒屋。

居酒屋といっても女性でも入りやすいオシャレな内装で、メニューも男の人が喜ぶ揚げ物などといったガッツリ系ばかりではなく、野菜をたくさん使ったヘルシーなものや全国各地の郷土料理などを、少量ずつ食べられるのが嬉しい。

沙穂さんはよく友達と利用しているらしく、オススメの料理を何品か注文してもらった。

ビールで乾杯し、最初の話題はもちろん仕事のこと。

例の先輩たちは最近すっかりおとなしくなり、仕事にも今まで以上に真面目に取り組んでいる。

おかげで仕事がやりやすくなったと、ほかの先輩たちからよくこっそりお礼を言われている。先輩たちに手を焼いていた人は、たくさんいたようだ。

そして昼休みは私と部長、今では沙穂さんも一緒にオフィスで過ごしている。

沙穂さんは最近ひとり暮らしを始めたものの、家事には不慣れで料理もほとんどできないとか。それを聞き、彼女の意外な一面にびっくりした。

だから沙穂さんは、私や部長のレシピを必死にメモに取っている。

ビールをおかわりし、美味しい料理に舌鼓を打ちながら、話題は仕事からお互いのプライベート、そして恋愛の話に変わっていく。

沙穂さんには付き合って三年になる彼氏がいるようで、勤め先は別々だけれど、週末は必ず一緒に過ごすほど順調だとか。

最初は謙信くんとのことを話せずにいたけれど、沙穂さんと彼氏の話を聞いていると、恋愛上級者である彼女に聞いてほしい思いが強くなり、相手が謙信くんだってことと、婚約していることは伏せて相談してみた。ずっと前から好きな人がいると。

すると沙穂さんは、親身になって相談に乗ってくれた。

おかげでふたりっきりになると、つい謙信くんとのことで悩んでいること、不安に思うことをこぼしちゃっている。

「それにしてもすみれちゃんの好きな人、なかなか手強いわよね。五歳も年上で大人の男性なのに、今まで一度も本気で人を好きになったことがないとか」

「ですよね……」

お刺身を食べながら、苦笑いしてしまう。

「大人の余裕を見せられると、そこがまた素敵って思えるけど、ちょっと切なくなっちゃうかもね。甘えさせてもらうばかりで、相手には私が年下で子供だから頼りにしてもらえないのかなって。……なんかわかるな、今のすみれちゃんの気持ち」

箸を持つ手は止まり、彼女を見つめると、沙穂さんはそんな私に笑顔を向けた。

「でも頻繁に会っているんでしょ？　だったら、私は彼がすみれちゃんのことを好きになるのも、時間の問題だと思うけどな」

そう言うと、グラスに残っていたビールを一気に飲み干した沙穂さん。

彼女の言うことが現実になったら嬉しいけど、真に受けられない。

「そう、でしょうか。……私はこの先、彼が初めて好きになる人になれるでしょうか」

誰にも言えなかった不安な気持ちを、吐露していく。

「私はそう思えなくて。……お互いひとりっ子で兄弟がいなかったから、彼は私のことを、妹としか思っていない気がするんです」

ハグやキスをしてくるのは、妹の延長線上な気がする。いや、妹っていうか、もしかしたら手のかかるペットか何かだと思っているかも。現に、私は昔から謙信くんに甘えっぱなしで、迷惑ばかりかけてきたから。

それに謙信くんは、これまでたくさんの人と付き合ってきた。ハグだってキスだってその先だって、経験豊富なはず。

そんな彼にしてみたら、私とハグやキスをすることも、特別なことではないんだと思う。それこそ、スキンシップ感覚なのかもしれない。

そう思うと、落ち込む自分に嫌気が差す。

そばにいられればいいと思っていたのに、そばにいるからこそわかる彼の気持ちに胸が痛むなんて……。

ビールにも料理にも手を出せず、すっかり意気消沈する私に、沙穂さんは明るい声で「元気出して」と言った。

「それでも、すみれちゃんは彼のことが好きなんでしょ？　だったら、めげずに頑張らないと‼」

「そう……ですよね」

そうだ、それでも私は謙信くんのことが好きなんだ。どんなかたちでもいい。彼のそばにいられる道を選んだのは自分なのに、何弱気になっちゃっていたんだろう。

「ありがとうございます、沙穂さん。……いつもすみません」

「何言ってるの？　恋愛話なら大歓迎！　聞いていると、私まで幸せな気持ちになれちゃうから、いつでも聞かせてね」

「じゃあ、お言葉に甘えてこれからもよろしくお願いします」

こうやって仕事の話や恋愛のことを話せる相手と出会えて、本当に幸せ。

笑い合い、沙穂さんは追加のビールを注文すると「あ、そういえば」と何かを思い出したのかハッとし、神妙な面持ちで私を見つめてきた。

「どうされたんですか？」

変に身がまえる私に、沙穂さんは眉根を寄せ、恐る恐る口を開いた。

「すみれちゃん……専務から何か私のことで、聞いたりしていない？」

「謙信くんから、ですか？　どうしてですか？　……何かあったんですか？」

謙信くんの名前にドキッとしてしまうも、平常心を保ちながら尋ねると、彼女は深いため息を漏らした。

「それがさ、最近廊下ですれ違うたびに、専務に見られている気がして」

「見られている……ですか？」

思わず聞き返すと、沙穂さんは頷いた。

「そうなの。気のせいだと思うんだけど、気になっちゃって。すみれちゃん、専務と仲いいんだよね？　何か聞いていないかな？」

「特には……」

答えると、沙穂さんはガックリ肩を落とした。

「そうだよね、ごめんね変なことを聞いたりして。もしかしたら私の勘違《かんちが》いかも」

「いいえ！　……えっと、もし何か聞いたらすぐにお話ししますね」

「本当？　助かるー。ありがとう！」

笑顔でお礼を言われ、胸がチクリと痛む。

だってもしかしたらそれは、気のせいなんかじゃないかもしれないから。

私が家で沙穂さんのことばかり話しているから、謙信くん、イライラしているのかも。だって毎日同じ人の話ばかりされたら、うんざりしちゃうよね。

これから謙信くんに、沙穂さんの話をすることを控えよう。

それから和やかな時間を過ごし、明日が休日ということもあって沙穂さんと別れたのは二十三時過ぎ。

家に着く頃には、二十三時半を回っていた。

「遅くなっちゃった」

事前に帰りが遅くなることを伝えているし、帰る前に今から帰るとメッセージを送ると、【迎えに行こうか？】と連絡が来た。

すぐに【大丈夫】と返したら、【気をつけて帰ってこい。何かあったらすぐ電話すること】という内容の返信が来た。

楽しくて思わず長居してしまったけれど、心配させちゃったよね。

駆け足で帰宅して玄関の鍵を開け、家に入ると、すぐにリビングから謙信くんがやってきた。

「あ……ただいま、謙信くん。ごめんなさい、遅くなっちゃって」

謙信くんは私の顔を見ると安心し、謝る私に「おかえり」と言って出迎えてくれた。

「帰り、大丈夫だったか？」

「うん、本当にごめんなさい」

謝りながらリビングへ向かうと、テーブルの上にはパソコンとたくさんの資料が置かれていた。

いつもは書斎で仕事をしているのに、リビングで私の帰りを待ってくれていたのかな？　そう思うと、ますます申し訳ない気持ちになる。

「楽しめた？」

パソコンを閉じ、テーブルに散らばった書類をまとめながら謙信くんが聞いてきた。

いつものように、沙穂さんとの楽しかった時間を話してしまいそうになり、慌てて口を噤《つぐ》む。

「うん、楽しかったよ。……えっと明日は謙信くん、休み？」

「あ、あぁ」

いつもと違う私に、彼は面食らった様子。けれど、すぐにハッとして私を見据えた。

「そうだ、すみれ。急で悪いんだけど、明日、一緒に実家へ行ってくれないか？」

「え……実家って謙信くんの、だよね？」

うちは今修繕工事中だし、おじいちゃんには謙信くんとの生活に腰を据えろと言われ、連絡してくるなって言われている。

「両親が一度、ちゃんとすみれと会って挨拶したいってうるさくて」

謙信くんはうんざり顔で言うけれど、私は一気に不安に襲われる。

謙信くんのご両親、特におばさまとは幼い頃から何度も顔を合わせている。

おじさまにももちろん会ったことがあるけれど、それは謙信くんの幼馴染みとして、そして会社の社長としてだ。でも、今は違う。仮にも、私と謙信くんは婚約しているのだから。

もしかしたら将来、ふたりは私の義理の両親になるかもしれない。……そう思うと緊張する。

リビングで立ち尽くしていると、それに気づいた謙信くんはそっと私の隣に立って、探るような目で私の顔を覗き込んできた。

「もしかしてすみれ、緊張してる？」

それはもちろん。

素直に頷くと、彼は口元に手を当てて、「フッ」と笑みをこぼした。

「何を今さら。今までに何度も会ってるじゃん」

「そっ、それはそうだけど……っ！」

笑われたのが癪《しゃく》で、口を尖《とが》らせてしまう。

「でも、今までとは違うでしょ？　……明日会う時は、謙信くんの婚約者として会うわけだし」

事実を言ったまでなのに、なぜか言ったあとで急に恥ずかしくなる。改めて〝謙信くんの婚約者〟って言葉にすると、照れ臭い。

彼の顔をまともに見られず、視線を逸らすと、すぐに力いっぱい抱きしめられた。

「きゃっ⁉」

驚き声をあげる私の身体を、謙信くんはさらにきつく抱きしめてくる。

「け、謙信くん……？」

身をよじりながら名前を呼ぶと、彼は深く息を吐いた。

「さっきのヤバかった」

え……ヤバかった？

顔だけ上げて彼を見上げると、額に落とされたキスに目を見張る。

チュッとリップ音をたてて、離れていく唇。

そのまま謙信くんは、愛しそうに私を見つめてくる。

「すみれ、ちゃんと自覚してくれているんだね。……俺の婚約者だって」

喜びを頰に浮かべる彼に、かぁっと顔が熱くなる。そんな私を見て謙信くんは背中を撫でてくれた。

「大丈夫、何も心配することはないよ。父さんも母さんも、昔からすみれのことがお気に入りだったし、それは今も変わらない。むしろすみれが嫁に来てくれたら喜ぶよ。……だから不安に思うことなんてないし、緊張することない」

彼の大きな手が背中を行き来し、声があまりにも優しくて心地よくて、自然と安心できてしまう。

「……うん、ありがとう」

今になって酔いが回ってきたのかな。

立っているのがつらくて彼に体重を預けた。

「どういたしまして。……もしかしてすみれ、眠いの？」

「そう、みたい」

彼の腕の中は安心できて、心地よくて睡魔に襲われる。次第に瞼が重くなり、ウトウトしてしまう。

「じゃあ、今夜はこのまま俺と一緒に寝ようか？」

「……えっ⁉」

けれど眠気も吹き飛ぶセリフに、勢いよく彼から離れた。

すると謙信くんは、すぐに「冗談だよ」と言う。

からかわれたんだ。なのに一瞬想像してしまい、身体が火照る。

「えっと……ごめん、お風呂に入って寝るね」

「あぁ、わかったよ。俺はあと少し仕事するから。明日は十一時に行く、って伝えてあるからよろしくな」

「うん、わかった。……おやすみなさい」

「おやすみ」

挨拶を交わし、足早に浴室に駆け込んだ。ドアを閉め、そのまま寄りかかる。

『今夜はこのまま俺と一緒に寝ようか？』

言われた瞬間、ちょっと真に受けてしまった。謙信くんの言うことは、どこまでが本気でどこまでが冗談か最近わからない。それは、キスされてからずっと。

顔が火照って熱くて手で扇ぎ、すぐに首を左右に振った。

今私が一番考えなくちゃいけないことは、明日のことだ。謙信くんの婚約者として会うんだもの。粗相のないようにしないと。

謙信くんの幼馴染みとしては、気に入ってもらえていたかもしれないけれど、嫁としてはどうかわからない。失敗しないように気をつけよう。

そう自分に言い聞かせ、お風呂に入り、すぐにベッドにもぐり込んだ。


「ねぇ、謙信くん。何か買っていかなくて、本当にいいの？」

翌日。謙信くんの実家へと向かう車内で心配になり、聞くものの、彼は「大丈夫」の一点張り。

朝起きて準備をしているうちに、伺《うかが》うのに手土産を何も用意していないことに気づいた。

謙信くんに、少し早めに出てどこかで買っていきたいとお願いすると、彼は『そんなのいらないよ』と言うのだ。

そのまま押し切られ、何も持たずに実家へ向かっているけれど、やっぱり不安。印象悪くならない？　謙信くんの話だと、昼食をごちそうしてくれるというのに手ぶらで伺うなんて。

納得できずにいると、彼は付け足すように言った。

「本当に大丈夫だから。……母さんから言ってきたんだ。何もいらないからって」

「え……そうなの？」

ハンドルを握る彼を見ると、頷いた。

「すみれのために料理はもちろん、美味しいケーキやお菓子をたくさん準備しているから、いらないってさ。……太る覚悟して行けよ。苦しいくらい食べさせられると思うから」

「そんな……」

むしろありがたいお話だ。いろいろと用意してくれて、気遣ってくれて。

少しだけ緊張が解《ほぐ》れたところで、謙信くんの実家に着いた。

実は彼の実家を訪れるのは、これが初めてだった。会うのは、いつも我が家でだったから。

駐車場に車を停め、先に降りた謙信くんに続いて降りると、足を止めて見上げてしまう。

立派な門の先には、手入れの行き届いた庭、そしてさらにその先に、白を基調としたおとぎ話に出てくるようなメルヘンチックな三階建ての家があった。

「行こう」

「あ……うん」

純和風な我が家とは違い、可愛らしいデザインの家を眺めながら、門を抜けて玄関ドアへ向かう。

彼がインターホンを鳴らすと、すぐにモニターからおばさまの声が聞こえてきた。

「いらっしゃい、すぐ開けるわ」

すると、家の中からパタパタと駆け寄ってくる足音が聞こえてきた。

緊張でドキドキする中、勢いよくドアが開かれると、今年五十歳になるエプロン姿のおばさまが出迎えてくれた。

私と謙信くんを交互に見ると、満面の笑みになる。

「いらっしゃい！　どうぞ、入って入って」

「こ、こんにちは！　ご無沙汰《ぶさた》しております」

大きく頭を下げた私の背中に、謙信くんの大きな手が触れた。

「久し振り、母さん」

彼に促されて初めて目にした玄関には、おばさまが生けた豪華な花が飾られている。

そこから続く廊下は大理石で輝いていて、思わず目を見張ってしまう。

あまりの明るさに上を見れば、天井は吹き抜けになっていて、天窓からは太陽の光が差し込んでいる。

ホッとする暖かな空気に包まれながら、リビングへ案内される。

向かう途中、おばさまは声を弾ませた。

「やっと、謙信がすみれちゃんを連れてきてくれて嬉しいわ。主人もすみれちゃんに会えるのを、心待ちにしていたのよ」

「……すみません」

そう言われると、つい謝ってしまう。本当は、もっと早くに伺うべきだったよね。

すると、おばさまはクスクスと笑った。

「ごめんなさい、責めているわけじゃないのよ。それだけ私たち、早く謙信の婚約者としてのすみれちゃんに会いたかったの」

「ありがとうございます」

胸をジンとさせながら、謙信くんとともに広い庭が見渡せるリビングに入ると、おじさまはソファに腰掛け、新聞を読んでいた。

私たちが入ってくると、彼は新聞をテーブルに置いて立ち上がり、にこやかに笑いかけてきた。

「やぁ、すみれちゃん、いらっしゃい」

「こんにちは、お邪魔します」

私と挨拶を交わすと、おじさまは謙信くんを見る。

「謙信も家に帰ってくるのは久し振りだな」

「あぁ、そうだな。話は会社でできるから、つい……」

ふたりのやり取りを聞きながら、まじまじと見てしまうのはおじさま。

謙信くんは誰が見ても美形でイケメンなのに対して、おじさまはたれ目でちょっぴりふくよかな体型。物腰が柔らかく、優しそうな印象を受ける。会社でも穏やかで気さくに声をかけてくれるから、社員から親しまれている。

そして、就活で行き詰まった私を拾ってくれて、心から感謝している。

おばさまは明るくて笑顔が素敵な人。おじいちゃんの稽古《けいこ》の際に、着て来る着物がいつも似合っていて、和服美人だ。

謙信くんはどちらかというと、母親似……かな？

そんなことを考えていると、キッチンからは美味しそうな匂いが漂ってきた。

「すみれちゃんが来るから、今日は張り切っちゃったの。待っててね、すぐに準備するわ」

「あ……手伝います！」

謙信くんは私のバッグを持ってくれて、『いっておいで』と言うように小さく手を振る。

そんな彼に頷き、キッチンへ向かった。

広くて使い勝手がよさそうなシステムキッチンに、目を奪われる。

リビングが見渡せる対面式になっていて、おじいちゃんとふたりで暮らす、うちの昔ながらの台所とは大違いだった。

「素敵……」

思わず声に出してしまうと、おばさまはクスッと笑い、「ありがとう」と言った。

「そう言ってもらえて嬉しいわ。キッチンには、とことんこだわったのよ。なんせ女の仕事場ですから」

女の仕事場。……確かにそうかも。毎日必ず立つ場所だし。

「それじゃ、盛りつけを手伝ってもらってもいいかしら？」

「はい！」

おばさまに言われ、始めにレタスをお皿に盛り、その上に揚げたてのから揚げを載せていく。

すると、おばさまはポツリと漏らした。

「いいわね、こういうの。女の子がいたら、こうして一緒に料理ができるから。憧れだったの、娘とキッチンに立つことが」

顔を綻ばせるおばさまに、胸が熱くなる。

私も何度も思い描いたことがあった。もし、両親が生きていたら、こうやって休日はお母さんとキッチンに立って、リビングで新聞を読んでいるお父さんと話をしながら過ごすのかなって。

それが今、現実になっているんだよね。……謙信くんと結婚したら、これが日常になるのかな。

「私も……夢でした」

そう思うと、言わずにはいられなかった。

「お母さんと、こうやってキッチンに立つことが」

「すみれちゃん……」

小さい頃はおじいちゃんが一緒に作ってくれていたけれど、大きくなるにつれてひとりでもできるようになり、ふたりで立つことはなくなった。だから、ちょっと照れ臭いかも。

すると、おばさまは顔一面に満足げな笑みを浮かべ、話しだした。

「そっか。……じゃあこれからはふたりで一緒に、たくさん料理を作りましょう。だから、いつでもいらっしゃい。……私も主人も大歓迎よ」

「おばさま……」

私を見据えて微笑むと、おばさまは「約束ね」と小声で言った。

そんなおばさまにつられるように、笑顔で頷いた。おばさまとふたりで料理ができる未来を想像すると、楽しみで仕方ない。

好きな人と結婚するってことは、そばにいられるだけが幸せじゃない。……こうして、彼の家族との幸せな時間も待っているんだね。

それから、おばさまが用意してくれた料理を食卓へ運び、食事が始まる頃には、緊張もだいぶ解け、四人で楽しいひと時を過ごしていった。

「謙信、ちょっといいか？　仕事のことで相談したいことがあるんだ」

「いいけど……悪いすみれ、席を外しても大丈夫か？」

昼食を終えて片づけを手伝ったあと、紅茶をいただいていると、おじさまが謙信くんに声をかけて立ち上がった。

すると彼は私を気遣い、心配げに私を見つめてきた。

来た時とは違って緊張もなくなり、おばさまと料理の話で盛り上がっていたし。それに、仕事の話なら、なおさらここでするわけにはいかないだろうから。

「大丈夫だよ」

笑顔で言うと、謙信くんは安心したように口元を緩めた。

「わかったよ。父さん、書斎でいい？」

「あぁ、悪いな。すみれちゃんもごめんな」

「いいえ、お気になさらず！」

おじさまにまで気遣われて恐縮し、小さく手を左右に振った。

「そうよ、ふたりとも男同士でゆっくり仕事の話でもしてきてちょうだい。私とすみれちゃんは女同士、楽しくおしゃべりしているから」

おばさまがそう言うと、謙信くんとおじさまは「すぐ戻る」と言い、リビングから出ていった。

「さて、ふたりっきりになれたし、すみれちゃん、謙信の小さい頃の写真を見たくない？」

「みっ……見たいです！」

目をキラキラさせるおばさまからのまさかの提案に興奮し、声を弾ませてしまう。

「待っていて、持ってくるから」

すぐに立ち上がると、おばさまは意気揚々とアルバムを取りにリビングから出ていった。

謙信くんと初めて会ったのは、私が三歳の時。もちろん当時のことなどうろ覚えで、私の記憶にしっかり残っている謙信くんは、小学校高学年の頃だ。それ以前の謙信くんを、私は知らない。

幼少期は、どんな感じだったのかな？　きっと、赤ちゃんの頃から可愛かったんだろうな。

あれこれ想像していると、おばさまがアルバムを片手に戻ってきた。

ふたりでソファに移動し、早速ページをめくったんだけど……。

一ページ目は、生まれたての写真だとばかり思っていたのに違った。ランドセルを背負った小学校、中学年くらいの写真だった。

あれ……？　もしかして、もっと後ろのページに赤ちゃんの頃の写真があるのかな？

そう思い、ページをめくっていくものの、それ以降は小学校高学年、中学生、高校生と続いていく。

どれも私が知っている謙信くんばかり。

不思議に思いながら眺めていると、隣で一緒に見ていたおばさまが口を開いた。

「謙信は施設からうちに来て、一度も私たちを困らせたことがなくてね。手のかからない男の子で、ちょっぴり物足りなかったわ」

感慨深そうに話すおばさまの話に、耳を疑う。

「え……施設、からって……?」

どういう意味?

おばさまをジッと見つめてしまう。

するとおばさまは口元を手で覆い、うろたえだした。

「あらやだ。……もしかして、謙信から聞いていなかった?」

すぐに頷くと、おばさまは『やっちゃった』と言うように額に手を当てた。

「あのっ……! どういうことですか? 施設からうちに来たって……」

おばさまには申し訳ないけれど、聞いてしまったからには気になる。

もしかして謙信くんは、ふたりの子供じゃないの?

真実が知りたくて、答えを待つ。

するとおばさまは小さく息を漏らしたあと、私を見据えた。

「いつか謙信から話を聞いた時は、初めて聞いたように振る舞ってね？」

「はい！」

勢いよく返事をすると、おばさまは話してくれた。私の知らない謙信くんの過去を。

「私たちね、なかなか子供に恵まれなくて……。不妊治療にも、ずいぶん長い時間を費やしたわ。毎回挑戦して結果を聞くたびに、どれだけ落ち込んだか……」

つらい過去の話にかける言葉が見つからず、おばさまの話に口を挟むことなく耳を傾けた。

「最初はどんなにつらいことも、赤ちゃんを授かるために我慢できると思っていたの。……でもダメね、何度希望を抱いても奈落の底に突き落とされて、心が折れてしまったの。……もう耐え切れなくなって、主人と話し合って治療を断念したわ」

昔の苦しい記憶を思い出してか、おばさまは顔を歪めた。

「子供は諦《あきら》めて、主人とふたりっきりの人生を楽しもう。そう開き直りかけた時、テレビで知ったの、養子縁組の話を」

そう言うと、おばさまはアルバムに目を向けた。

「行政に問い合わせて、それはもう何度も何度も厳しい審査が続いたわ。周囲から反対もされた。血の繋がりのない子を引き取るなんておかしいって。本当に可愛がれるのかって。……でも私も主人も思いは強かった。施設で初めて謙信と会った時から、ずっとこの子と一緒に暮らしたい、家族になりたいって思ったの。だから、どんなに反対されようとも、私たちの意思は変わらなかったわ」

おばさまから直接聞いた今も、信じがたい。それほど謙信くんとおばさまたちは、私の目には本当の親子のように映っていたから。

「謙信はね、なかなか笑わない子だったの。それまでの生活環境のせいだったのかもしれないけど、どんなに皆が楽しそうに遊んでいても、謙信はいつもひとりで本を読んでいるような、そんな子供だったわ。だから余計に目がいっちゃって、この子を幸せにしたいって思ったの。……それに初めて面会した時、少しだけ笑った顔が可愛くて忘れられなくてね」

意外な話に、目を丸くさせてしまう。今の謙信くんからは想像できないから。笑わない子で、いつもひとりでいたなんて。

するとおばさまは、パッと顔を輝かせた。

「引き取って少しずつだけれど、私たちに心を開き始めてくれたわ。……それは、全部すみれちゃんのおかげなの」

「え……私、ですか？」

驚いて、思わず自分自身を指差す。

するとおばさまはほくほく顔で頷いた。

「謙信を引き取って一年が過ぎた頃に、先生のお宅にすみれちゃんがやってきたの。……謙信は自分と同じ境遇のすみれちゃんと、仲良くしたいと思ったんでしょうね。私がお稽古に行く日は、必ず目を輝かせて『僕も連れていって！』って言うようになったのよ」

おばさまはおかしそうにそう言うと、アルバムのページをめくった。

「ちょうどこの頃ね。……ほら、すみれちゃんと一緒に写っているこの写真！　凛々《りり》しい顔をしちゃって、気分はお兄ちゃんだったんじゃないかしら」

おばさまが指差す写真は、私も持っている写真だった。

庭先で、謙信くんに自転車に乗る練習を、手伝ってもらっている時のもの。謙信くんのおかげで私、自転車に乗れるようになったんだよね。

「すみれちゃんがいてくれたおかげで、あの子はよく笑うようになった。私たちに、すみれちゃんの話を嬉しそうに話すようにもなってくれて。……それからよ、私たちが本当の親子のような仲になれたのは。私も主人も、すみれちゃんには心から感謝しているの」

「そんな……」

そんなことない。むしろ、感謝したいのは私のほうだ。私は謙信くんがいたから、つらい日々も乗り越えられた。彼がいてくれたから、今の私がいるのだから。

そんな彼と出会えたのは、おばさまたちのおかげ。

「謙信は、私と主人にとって大切な息子。だからこそ、謙信には幸せになってほしいと願っていたわ。……それなのにあの子、『結婚するつもりはない』『興味ない』の一点張りでね。私も主人も心配で仕方なかったわ。もしかしたら、あの子が過ごした幼少期が原因なのかもしれないって」

おばさまが言う謙信くんの幼少期が気になるけれど、さすがにそこまで踏み込んでは聞けなかった。

もしかしたら、おばさまやおじさまにとっても、謙信くんにとっても、忘れたい過去なのかもしれないから。

「それを先生に相談したのよ。そこで先生に持ちかけられたの。じゃあ、お見合い相手にうちの孫はどうだろうか、って」

「そうだったんですか……」

答えるものの、初めて知った謙信くんの過去の話で頭の中はいっぱいだった。

「私も主人も大賛成だったわ。それに、結婚に興味ないって言っていた謙信が、相手がすみれちゃんだって聞いたら、コロッと手のひらを返しちゃってね。私も主人も拍子抜けしちゃったわ」

おばさまはクスクスと笑いながら、私のほうに向き直った。

「そんな謙信を見て思ったの。もしかしたら謙信は、ずっとすみれちゃんが大学を卒業するのを待っていたのかもしれないって。すみれちゃんと結婚したいから、私たちには結婚に興味ないって言っていたのかもしれないって」

「……まさか」

すぐに否定した。それはないと思うから。

それなのにおばさまは、私の気持ちを揺るがすようなことを話しだした。

「あら、本当よ。それに、うちの会社ですみれちゃんを雇ってほしい、って主人に直《じか》談判《だんぱん》したのは謙信なんだから。すみれちゃんが就職に困っている、と知ってね」

「え……謙信くんが、ですか？」

おじさまにかけ合ってくれたのは、おばさまじゃないの？

聞いていた話とは違い、目を白黒させる私に、おばさまは「本当よ」と繰り返す。

「思い返せば謙信は、昔からずっとすみれちゃんのことばかり気にしていたわ。ねぇ、すみれちゃん。……正直なところ、すみれちゃんはどう？　急な婚約で、本当は困っていない？」

私の様子を窺いながら聞いてきたおばさまに、慌てて首を横に振る。

「いいえ、そんな！　困るだなんて……！」

否定するものの、おばさまの表情は晴れない。

「本当に？　先生や謙信に言われて仕方なく……だったら正直に言ってね。そのための婚約期間でもあるのだから。謙信には幸せになってほしいけど、それはすみれちゃんにも言えることだから」

「おばさま……」

おばさまは昔から、何かと私のことを気にかけてくれていた。

おじいちゃんの古くからのお弟子さんで、週に一度は必ず稽古で家に来ていたからかもしれないけれど、私はいつも感謝していた。

おじいちゃんには言えない、成長過程の悩みや相談にも乗ってくれた。『いつでも頼ってね』って言ってくれた。そんなおばさまだからこそ、自分の気持ちを知っていてほしい。

「あの……っ！　本当に困ってなどいませんから。……それに、私は小さい頃からずっと謙信くんのことが好きでした。だから、今回の話を聞いた時はちょっとびっくりしちゃいましたが、すごく嬉しくて幸せです」

本当に信じられなかった。初恋は私の片想いのまま終わり、報われることなどないと思っていたから。いつか諦めなくちゃいけない日が来ると、覚悟さえしていた。でも、奇跡が起こったんだ。

きっと、謙信くんはおばさまの言うような気持ちを私に抱いて、結婚しようと決めたわけではないと思う。それでも、私は彼のそばにいたいと願った。目を皿のようにして驚くおばさまに、一番伝えたい言葉を吐露した。

「謙信くんと一緒にいられて、今の私はとても幸せなんです」

たとえ彼が私に抱く感情が、可愛い妹止まりだとしても、私は違う。心から謙信くんのことが好きだって、胸を張って言えるから。

すると、おばさまは安心したのか笑みをこぼした。

「よかった。すみれちゃんの気持ちを聞けて安心したわ」

そう言うとおばさまは、いつになく真剣な面持ちを見せた。

「あの子は誰よりも、家族や家庭に憧れを抱いていると思う。私たち親子に血の繋がりがない分、余計に憧れがあるんじゃないかしら。……愛する人と結婚し、自分の血を分けた子供との生活を」

おばさまの話で頭をよぎるのは、この前謙信くんが言っていた言葉。

『それに結婚したら、やっぱ子供欲しいし。……すみれだって欲しいだろ?』

『そんな未来のためにも、すみれ。……早く俺を好きになって』

あの時は私の反応を見て楽しんでいるだけで、本気じゃないと思っていたけれど……あれは、謙信くんの本心だったのかな?

「すみれちゃん……これからも謙信のこと、よろしくね」

「そんな……! 私のほうこそです」

深々と頭を下げたおばさまと同じように、私も勢いよく頭を下げた。

おばさまは、謙信くんは私のことを好きだと思っているようだけれど、それは違うと思う。それなのに、私でいいのかなって不安になる。……でも、今は誰も好きになれないけれど、結婚するなら私がいい、と言ってくれた謙信くんの気持ちを信じたい。

ともに時間を過ごす中で、いつか私のことを好きになってくれると願いたい。その先に、ふたりの子供を授かる未来を夢見てもいいかな?

だって私、おばさまの話を聞いて謙信くんと結婚したい気持ちが強くなったから。

彼と家族になりたい。温かな家庭を築いていきたいと。

「こんな私ですが、よろしくお願いします」

「こちらこそ。……あの子のこと、幸せにしてあげてください」

顔に喜色《きしょく》を浮かべてかけられた言葉に、彼に対する想いが溢れだす。

謙信くんのことが好き。好きだからそばにいたい。

その一心で、この話を受け入れた。でも彼のそばにいる方法は、婚約や結婚じゃないよね。まずは自分の気持ちに素直になって、相手に伝えることだったんだ。

幼い頃からずっと好きだったのに私、まだ謙信くんに一度も好きって伝えていない。よく考えればおかしな話だよね。結婚したいほど好きなのに、その気持ちを伝えずにいるなんて。

謙信くんが私のことをどう思っていようが、私は彼のことが好きなんだ。それをまず伝えないことには、彼に好きになってもらえるわけがない。

自分が変わることばかり考えていたけれど、もっと大切なことがあった。謙信くんが〝好き〟って感情をわからないと言うなら、私が教えてあげればいいんだ。

謙信くんを想う気持ちを伝えればいい。それが人を好きになるって感情だから。幸せで苦しくなるほどの喜びを、彼にも知ってほしい。

それに気づけたのは、おばさまが話してくれたから。大切なことを忘れるところだった。

「おばさま、ありがとうございました!」

「あらやだ。何? 急に」

いきなり感謝の気持ちを伝えた私に、おばさまは「フフッ」と笑った。

「ありがとうって伝えるのは、私のほうよ? ……謙信のこと、好きになってくれてありがとう」

「おばさま……」

それからふたりで、謙信くんたちが戻ってくるまでの間、いろいろな話で盛り上がった。

最後に、「できればこれからは〝お義母《かあ》さん〟って呼んでね」と言われて。

届けたい気持ちなんです

「謙信くん、コーヒー淹れようか?」

「あぁ、頼む」

あれから謙信くんの実家に長居してしまい、せっかくだし夕食も……という流れになった。四人で以前、謙信くんに連れていってもらった、お父さん行きつけの寿司屋へ出向いた。

やっぱりどのお寿司も美味しくて、つい食べすぎてしまい、お腹が苦しい。

帰宅する頃には、二十一時を過ぎていた。

「はい、どうぞ」

「サンキュ」

運転で疲れたのかソファに腰掛け、首を回している謙信くんにカップを渡し、私も隣に座った。

「なんだかんだ、一日がかりになっちゃったな。疲れただろ?」

「ううん、そんなことないよ。楽しい一日だった」

行くまでは緊張しちゃっていたけれど、振り返ると楽しい一日だった。それに大切なことに気づけたから。

「そっか」と言いながら微笑む彼に、胸が鳴る。

改めて考えると、不思議だよね。ずっと幼馴染みのお兄ちゃんで、初恋の好きな人と、こうして隣に座って一緒にコーヒーを飲んでいる。さらには結婚前提で同棲《どうせい》までしているのだから。

あまりに幸せな毎日に、肝心なことを忘れていた。ずっとずっと、好きだった気持ちを伝えたい。

謙信くんがどう思うか予測できないけれど、それでも知っていてほしい。彼が私との結婚を望んでくれているなら、余計に。

そろそろ、カップのコーヒーもなくなる。伝えたいけれど、いざ伝えるとなると、心臓はバクバクと暴れだす。……それでもやっぱり彼に伝えたい気持ちは変わらず大きくて、私はコーヒーを飲み干し、カップをテーブルに置くと、謙信くんのほうを向いた。

「あの……謙信くん」

「ん？　どうした？」

するとと、謙信くんもカップをテーブルに置き、私と向き合った。

まっすぐ私を見つめる柔らかな瞳にドキッとしつつも、すぐに自分を奮い立たせ、彼を見つめた。

「謙信くん……この前言ってくれたこと、覚えてる？」

「この前？」

困惑した表情を見せる彼に、思い切って伝えた。

「うん。……あの、子供のこと」

小声になっちゃったけれど、しっかり彼の耳に届いたようで、うろたえたように妙な瞬きを繰り返した。

「あ、あぁ、覚えているけど……」

珍しく戸惑った様子を見せる謙信くん。

ここで恥ずかしくて押し黙ったら、言えなくなりそうだ。恥ずかしさを感じる余裕もないほど、早口でまくし立てた。

「あのね、あの時は言えなかったんだけど、私もいつか謙信くんとの赤ちゃんが欲しいって思ってるから！」

思い切った宣言に、謙信くんは瞬きもせず私を凝視してくる。

そうだよね、絶句しちゃうよね。いつもの私だったら、絶対に言わないようなことを言ったのだから。

「もっ、もちろん冗談でも嘘でもないからね‼　……でも、私が謙信くんの赤ちゃんが欲しいって気持ちは、謙信くんとは違うから」

「えっ？」

変わらず私を見つめる彼。

小さく深呼吸をし、想いをぶつけた。

「私は謙信くんのことが好きだから。……だから謙信くんと結婚したいし、謙信くんの赤ちゃんが欲しい」

「……え、あっ……え？」

私の突然の告白に彼は激しく動揺し、口元を手で覆った。

やっぱり謙信くんは、私の気持ちに気づいていなかったんだ。

そう思うと切なくなるけれど、それは今まで言葉にして伝えてこなかった自分のせい。大切なのは今、そしてこれからだよね。

「私ね、小さい頃からずっと謙信くんのことが好きだったの。……謙信くんに彼女ができても、気持ちを消すことなんてできなかった。だから、謙信くんに結婚しようって言ってもらえて嬉しかった。……謙信くんは私のことを好きじゃなくてもいい、って思ってた。そばにいられるだけで幸せだったから」

「すみれ……」

報われないと思っていた恋が意外なかたちで実を結び、私は浮かれていたのかもしれない。

「でも、今はそう思わない。謙信くんのことが好きだから、これから先もずっと一緒にいたいから。……だから謙信くんにも、私のことを好きになってほしい。人を好きになる気持ちを知ってほしいの。だって誰かを好きになるって、時には苦しくなるほど幸せだから」

もちろん、幸せなことばかりじゃない。つらいことだって苦しいことだってある。けれど、それ以上に幸せって思える瞬間が、数え切れないほどあるから。

「謙信くんとふたりで幸せになって、温かな家庭を築いていきたい。……だからこそ好きって気持ちを知ってほしいと思う。そのために私、頑張るから」

今の私が伝えられる想いを、すべてぶつけられた。

……少しは私の気持ちが届いたかな?

話している途中も、話し終えた今も、彼は驚いているのか微動だにしない。それほど私の告白は衝撃だったのかもしれない。

けれど、後悔はしていない。

たとえ告白したせいで、婚約解消されてしまったとしても、気持ちを伝えないままずっと一緒にいるよりいい。私は頑張るだけ、謙信くんに好きになってもらえるように。……彼に好きって感情を知ってもらえるように。

そんな想いで、彼を見つめること数十秒。

私の想いを理解してくれたのか、みるみるうちに謙信くんの頬や耳は、赤く染まっていった。

「……謙信、くん？」

意外な反応に目が点になる。

すると、彼は恥ずかしそうに腕で顔を覆った。

「見るな。……だって仕方ないだろ？　まさかすみれが俺のことを、ずっと想ってくれていたなんて、夢にも思わなかったから……」

「え？」

それは、私の気持ちが謙信くんにしっかり届いたと思ってもいいのかな？

彼の真意を知りたくてジッと見つめていると、私の視線に気づいた謙信くんは、私の肩をつかんだ。そして、頬を赤く染めたまま力強い眼差しで私の瞳を捕らえる。

「謙信くん？」

ドキドキしすぎて胸が苦しい。なのに瞬きもできず、彼の瞳に映る自分を見つめてしまう。

どれくらいの時間、見つめ合っていただろうか。時計の秒針の進む音だけが耳に届く中、リビングに彼の声が異様に響いた。

「ごめん、俺……今、頭の中が混乱していて、どう伝えたらいいのかわからないんだけど……」

ひと呼吸置くと、ひたむきな眼差しを向けた。

「すみれと一緒にいたい。……守っていきたいって思っているから。今はそれでもいいかな？　お前と同じ気持ちじゃないけれど、そばにいてもいいか？」

不安げに瞳を揺らした彼。

きっと、これが謙信くんの今の本当の気持ちなんだと思う。

謙信くんはソワソワした様子で私の答えを待っているけれど、なんて答えると思っているのだろうか。

『やだ』って言うと思っているのかな。――そんなわけないのに。

それを言えたら、ずっと彼に片想いなんてしていない。私の謙信くんに対する想いを、もっと信じてほしい。

その一心で、気づいたら自分から謙信くんの胸の中に飛び込んでいた。

「いいに決まってるじゃない。……私、どんなかたちでもいいから、ずっと謙信くんのそばにいたい。……そばにいてほしいの」

「すみれ……」

もっと謙信くんの温もりを感じたくて、大きな背中に手を回すと、少しだけ彼の身体がピクリと反応した。

それさえも愛しくて、大好きって思えてしまう私は重症なのかもしれない。

「謙信くん、大好きだよ」

一度伝えた想いは、いとも簡単に言葉に出る。昔からずっと言いたくても言えなかったのに。それはきっと、自分自身が少し変われたからかもしれない。

しばし彼の温もりに酔いしれていると、謙信くんは「勘弁《かんべん》してくれ」と言って深く息を漏らした。

「え……わっ⁉」

次の瞬間、苦しいほど抱きしめられる身体。

すると謙信くんは、私の耳元に唇を寄せた。

「そういう可愛いこと、言わないでくれ。……でないと、このまますみれのこと、襲いたくなる」

「……えっと」

そ、それはつまり、あれですよね？

彼の言いたいことが理解できて、身体中が熱くなる。

すると、いつになく余裕のない声が降ってきた。

「覚えておいて。……男には、自分を抑え切れなくなる時もあるってことを」

ゆっくりと顔を上げると、謙信くんは私を見つめて言った。

「これからも、ずっとは抑える自信がないから」

いつになく妖艶な表情に言葉が出ず、首を何度も縦に振った。

再び深いため息を漏らすと、彼に抱きしめられる。彼の胸の中で、さっきの言葉が頭の中でリピートされていく。

謙信くんの中で、私の立場は変わったって思ってもいいのかな。妹みたいな存在から、恋愛対象になった？　今は異性として見てくれている？　だったら私……！

「け、謙信くん……っ！」

「ん？」

頭上から聞こえてくる彼の声。

必死に顔を上げて言った。

「がっ、我慢しなくてもいいよ？　私は謙信くんのことが好きだから……！　だから全然‼」

むしろ、女として意識してもらえるなら……‼

捨て身の覚悟で言ったものの、謙信くんは目を大きく見開いたあと、「勘弁してくれ」と呟いた。

私の顔を胸に押し当て自分の顔を見えなくし、「そういうのがヤバいんだって」と付け足して。

昨日までの私が今の私を見たら、腰を抜かすほど驚いちゃうかもしれない。

臆病で何も言えなくて、人との距離を取ってきた自分や、好きなのに我慢して気持ちを押し殺していた自分より、今の自分のほうがいい。

自分自身が、誰よりも私のことを好きになれる。

だから、これからは素直な気持ちを伝えていきたい。これからも、ずっと一緒にいたいと思える人だから。

好き？　嫉妬《しっと》？　この感情は？［謙信ＳＩＤＥ］

瞼を閉じると、幼い頃の笑顔のすみれが頭に浮かぶ。俺の名前を呼んで、いつもあとを追いかけてくるすみれが、可愛くて仕方なかった。

最初は同じ境遇のすみれが、どんな子なのか気になっただけだった。知れば知るほど彼女は純粋で優しくて、笑顔が最高に可愛い素直な子だった。いつの間にか、すみれと遊ぶことが楽しみになり、母さんにお願いして稽古の際は必ずついていったほど。

会えば嬉しそうに駆け寄ってきて、抱きついてきたすみれを妹のように可愛がり、勝手にお兄ちゃんになった気分でいつも接していた。

そんなすみれは小学校に上がると、ほかの子とちょっと違うだけで学校でいじめに遭った。正直、あの頃のすみれは見ていられなかった。

心配で毎日のように会いに行っていたけれど、彼女は会うたびに泣いていた。きっと、学校では泣かずに我慢していたんだと思う。

俺の前では強がらずに感情を表に出し、素直に甘えてくれたのが嬉しかった。それと同時に、すみれのことを守ってやりたいと思った。

俺にとっていつの間にか大切な存在になっていたんだ。これから先もずっとそばにいたい、俺の手で守ってやりたいと思えるほど――。

彼女に対する想いを、どんな言葉で表現すればいいだろうか。妹のような家族のような。なのに愛しいと思えて、衝動的に抱きしめたくもなる。

簡単な言葉で表現できるものではなく、彼女は唯一無二の存在だった。

高校生になると、俺は度々女の子から告白されるようになった。でも俺は昔から恋愛に夢を抱けず、思春期になっても、友達がクラスメイトや好きな人の話で盛り上がる輪に、入っていけなかった。

少しでも友達と近づきたくて、『俺も誰かと付き合えば、好きって感情が理解できるだろう』という安易な思いで、ある時、よく知りもしない女の子の告白を受け、付き合い始めた。しかし、俺に気持ちがないとその子に悟られると、フラれてしまった。

何度も付き合ってはフラれ……を繰り返して、好きって気持ちを理解できずにいた。

それは、大人になっても変わらなかった。相手が俺のことを好きでいてくれるなら、そんな彼女と時間をともにしたら、いつか俺も好きになれるかもしれないと期待を抱いては、打ち砕かれていった。

このまま、〝好き〟って気持ちを知ることはできないのかもしれないと思ったら、いつからか結婚に興味がなくなった。そして、両親に結婚を勧められるようになると、ますます面倒になるばかりだった。

それなのに、なぜか彼女とだけは結婚したいと思ったんだ。紙切れ一枚の縛りだけれど、たったそれだけで、この先もずっと一緒にいる未来が約束されるなら……。

この世の中、好きって感情だけで結婚する人ばかりではない。利益のため、私欲のため。いろいろな理由を抱えて、結婚している人たちもいる。

それなら、俺たちだっていいと思ったんだ。彼女が昔のトラウマを抱えているからこそ、そばで支えてやりたい。昔からそうやって生きてきたからこそ、これがベストな選択だと思っていた。でも——。

『私は謙信くんのことが好きだから。……だから謙信くんと結婚したいし、謙信くんの赤ちゃんが欲しい』

衝撃だった。まさか、すみれが俺のことをそんな風に思ってくれていたなんて。

人と付き合うのが苦手だった彼女には、好きな相手もいないと思っていた。俺のことは幼馴染みのお兄ちゃんとしか思っていないだろうと、疑わずにいた。

でもいつからだろうか、気持ちのコントロールができなくなっていったのは。

結婚する以上、すみれとは普通の夫婦と同じ関係性でいたいと思う。これまでだって何度も女性と経験してきたし、すみれとだってできる。

そう思っていたのに、なぜか手を出すことに躊躇し、成長して変わっていく彼女に焦りを覚えた。口では俺以外にも頼れて、本音で話せる友達を作ってほしいと言いながら、実際にできると、内心面白くないと思う自分がいた。

すみれは嬉しそうに、親しくなった先輩の話ばかりしてきた。昔のすみれを知っているからこそ、俺も自分のことのように喜んで話を聞いていたものの、日が経つごとにイラ立ちを覚えていった。

それは子供の頃、お気に入りのおもちゃを取られた時の感情と、よく似ているものだった。

すみれと生活をともにし、彼女のことを知れば知るほど、矛盾する思いに悩まされてばかり。と同時に、成長していくすみれが愛しく、一緒にいると抱きしめて、その温もりを感じたいと思ってしまう。

そして今日、好きと言われて、不思議な感情が溢れてくる。なんだろう、この気持ちは……。もしかしたら、これが好きって感情なのだろうか。

すみれに告白された今夜は、ベッドに入ってもなかなか眠りにつくことができなかった。

「あ、謙信くんおはよう」

「……あぁ、おはよう」

翌朝。寝不足でけだるい身体をどうにか起こし、部屋を出ると、すみれはいつものように、エプロンをつけてキッチンで朝食の準備をしていた。

「コーヒーでいいかな？」

「悪い、頼む」

そして、まるで昨日の告白がなかったかのような普段通りの彼女に、戸惑いを隠せない。それでも平静を装い、テーブルの上に置かれている、すみれがポストから取ってきてくれた新聞に目を通していく。けれど、全く内容が頭に入ってこない。

これまでのすみれだったら、目を合わせてくれず挙動不審になったり、俺の様子を窺いながらチラチラ見てきてもおかしくないはずだ。

そういうのが一切ない。……もしかして、昨夜のことは夢だったのだろうか。

そんなバカげたことを考えている間に、キッチンにはコーヒーの芳しい香りが漂う。ほどなくして、すみれがカップをテーブルに置いた。

「はい、どうぞ」

「ありがとう」

すみれは向かいに座ると、手を合わせて食べ始めた。

やはりいつもと変わらない。これは、いよいよ夢の中の出来事だったのかもしれない。最近、すみれに対する思いの変化に、ずっと戸惑っていたから。

新聞を折り畳み、俺もまた手を合わせて食べ始める。

テレビで毎朝すみれが欠かさずチェックしている占いコーナーが始まる頃、彼女はコーヒーを飲み、俺の様子を窺いながら話し始めた。

「あのね、謙信くん……。私から内緒にしてってお願いしてたのに、申し訳ないんだけど……」

そこまで言うと落ち着きをなくし、目を泳がせるすみれ。

「どうした？」

食べる手を止めて、俺は尋ねる。

彼女の緊張がこちらにまで伝わってきて、俺まで身がまえてしまう中、すみれはまっすぐ俺を見据えた。

「あの！　謙信くんと婚約中で一緒に暮らしていること……沙穂さんに話してもいいかな⁉」

「え？　……沙穂さんってすみれの……？」

最近、俺が嫉妬するほど仲がいい先輩だよな？

すみれがあまりに緊張しているから、どんなことを言われるかと思えば……拍子抜けしてしまう。

「ど、どうかな？」

いまだにビクビクしながら、俺の様子を窺うすみれ。

「どうも何も、俺は前から言ってるだろ？　すみれとの婚約を公表してもいい、って」

すみれと結婚したいと思った時から、ずっと考えていた。社員に隠すことなく、公表してもいいと。

でも、よく考えるとおかしな話だよな。結婚に夢を抱けずにいたのに、すみれとなら結婚してもいい、周囲に公表してもいいとさえ思うなんて。

思いを巡らせていると、どうやら難しい顔をしていたようで、すみれは不安げに俺を見ていた。

「や、やっぱり言わないほうがいい？」

「え？　あ、いやそんなことないよ」

ハッとし、慌てて笑顔を取り繕《つくろ》う。

「悪い、ちょっと考え事をしていただけだから。……さっきも言ったけど、俺はずっと公表してもいいと思っていたから、かまわないよ」

そう言うと、やっとすみれの表情は晴れた。

「よかった。……あ、もちろん沙穂さんにしか話さないから！」

必死に言うすみれが可愛くて、笑みがこぼれる。

「別にいいよ、誰に話したって。……あ、俺も秘書の池田《いけだ》さんにだけは話してもいいか？」

専務の職に就《つ》いてから、父さんは長年、自分の秘書を務めてくれていた池田さんを、俺の秘書としてつけてくれた。

五十歳になる〝紳士〟という言葉がぴったりな池田さんはベテランで、正直助かっている。それに、昔から面識があるから仕事もしやすい。そんな彼には、すみれとの婚約のことを話したほうがいいと思っていた。

父さんも同じ意見だったようで、今後正式に婚約発表するとなると、池田さんの力も借りないといけなくなる。そのためにも、すぐに話しておくと昨日言われた。

「もちろんだよ。ごめんね、内緒にしたいなんてワガママ言って」

「何を急に。そんな可愛いワガママなら、いつでも大歓迎だよ」

すみれはワガママだって言うけれど、俺はそんな風には思っていないから。恥ずかしがり屋で注目されるのが苦手な彼女だからこそ、秘密にしていたいのだろうとわかっている。

そんな意味を込めて言っただけなのに、すみれはきょときょとと忙しなく目を動かし、頬をみるみる紅潮させていく。

「……もう、またそんなこと言って」

そしてジロリと俺を睨《にら》み、恨めしそうに言う。

そんな彼女が、俺はやっぱり可愛くてまた笑ってしまった。

すみれと一緒にいると心地いい。それは昔からずっと変わらない。だからこそ、彼女と結婚したいと思ったんだ。

「すみれ、準備できたか?」

玄関先ですみれのことを待っていると、パタパタと足音を響かせ、駆け寄ってきた。

「うん、ごめんお待たせ」

慌ててパンプスを履き、少しだけ乱れた髪を手で整えると、何か言いたそうな顔を見せた。

「どうかした?」

今度はなんだろうか。

尋ねると、すみれは手にしていたランチバッグを俺に差し出した。

「あの、これ……！　いつも急な外出があるって言っていたから、迷惑だと思って作らなかったんだけど……」

「え……これは？」

聞くとすみれは、俺をまっすぐ見つめてすぐに答えた。

「謙信くんのお弁当！　いつも自分の分は作っているんだけど……その、できれば謙信くんにも食べてもらいたいなって、ずっと思っていたの。だからその、作ってみたんだけど、今日、もし会社でお昼過ごすなら……っ」

俺にランチバッグを差し出したまま話す彼女の手は、小刻みに震えている。

それを見たら話し途中で申し訳ないけど、ランチバッグを受け取った。

「ありがとう。今日は特に外出の予定はないから。それに俺、ずっと思っていたんだ。すみれは俺の分の弁当、作ってくれないのかなって」

からかい口調で言ったものの、すみれはみるみるうちに表情を崩し、ハニかんだ。

「よかったっ……！　えへへ、嬉しいな。夢だったの、謙信くんに私が作ったお弁当を食べてもらうのが」

太陽のような眩しい笑みを浮かべて話す彼女に、胸が苦しいくらい締めつけられた。

なんだ、これ。どうして胸が苦しくなる？

初めて感じた痛みに、戸惑いを隠せない。それでも、どうにか声を絞り出した。

「そ、っか。それじゃ、これからは毎日作ってくれる？」

すると、すみれは興奮ぎみに距離を近づけてきた。

「本当⁉　いいの⁉」

「……あぁ、すみれが大変じゃなければ」

「全然だよ！　じゃっ、じゃあ、今度何か食べたい物あったら教えてね！　お弁当に入れるから」

「わかったよ」

どうしたというのだろうか。嬉しそうなすみれの顔なら、今まで何度も見てきたというのに。どうしてこれほど胸を苦しくさせられる？

答えを見出せないまま、いつものように会社近くまで彼女を車に乗せていった。

「あれ、専務珍しいですね、お弁当だなんて。ご婚約されていたことを私に報告した途端、早速おノロケですか？」

この日の昼休み。

仕事もひと区切りついたところで、すみれが作ってくれた弁当を広げると、秘書の池田さんがからかい口調で聞いてきた。

「別にノロケてなどいませんよ。……たまたま今日、作ってくれただけです」

「そうですか、それは失礼しました。ではお茶を淹れてきましょう」

口ではそう言っているくせに、池田さんは笑いをこらえている。

池田さんには父さんのほうから、昨夜のうちに俺がすみれと婚約中だと、報告済みだったようだ。

朝出勤すると、すぐに言われた。『ご婚約、おめでとうございます』と。

そして仕事の早い池田さんは、どのタイミングで婚約を公表するのがベストか検討し、挙式の日取りも何日か候補を挙げてくれた。

これでも父さんの跡を継ぐ身。自分の結婚が一般的な結婚とは違うことくらい、自覚している。だからこそ、すみれと一緒に暮らして距離を縮めたかった。

弁当箱の蓋を開けると、色とりどりのおかずが詰め込まれていて、見た目も美味しそう。

ついまじまじと弁当を見ていると、いつの間にかお茶を淹れた池田さんも、中を覗き込んでいた。

「おや、これは……とても美味しそうで食べるのがもったいないくらいですね」

「あ、あぁ」

「栄養バランスも、しっかり考えられているおかずですね。さすがは桐ケ谷家のお孫様です」

池田さんはお茶をデスクにそっと置くと、手にしていたランチバッグを掲げた。

「私も本日は、こちらで昼食をいただいてもよろしいでしょうか？　今後のことを少しお話ししたいので」

「どうぞ」

「では、お言葉に甘えて」

池田さんは応接ソファに腰を下ろし、テーブルに弁当を広げた。

そういえば池田さんは、いつも奥さんの手作り弁当を持参しているよな。

そんなことを考えながら箸を進めると、やはりどれも美味しくて、こんな弁当を毎日作られたら外食できなくなりそうだ。

「どうですか？　お弁当のお味は。いいものでしょう？　もう、外食したくなくなるんではありませんか？」

「ゴホッ！」

たった今思っていたことを言われてびっくりし、喉を詰まらせそうになる。慌ててお茶で喉を潤した。

「おや、どうやら図星だったようですね。失礼いたしました」

「別に図星ではないですから。たまたま喉に詰まっただけです」

咳払いをして強がるものの、どうやら彼には俺の考えなどお見通しのようだ。

「しかし感慨深いものですね。社長から専務の破天荒ぶりを聞かされており、どんなお方が入社してくるのだろうと思っておりましたら、社長に聞いたまんまのお方で。今まで何度、女性関係で揉《も》めに揉めたことか……」

事実とはいえ、その話をされると耳が痛くなる。

「驚きましたよ、専務の秘書に就いた初日に、別れた女性がいきなり会社に乗り込んできた時は」

そういえばそんなこともあった。昔の俺は告白されれば付き合い、その場限りの関係を繰り返していた。

ちょうど入社したばかりの頃、社長の息子ってだけで変に気遣われ、時には心ないことを言われたりしていた。

だから余計にむしゃくしゃして、憂《う》さ晴らしするように付き合った女性も何人かいて。……彼女たちとトラブルになったことも、しばしばある。

今思うと、消し去りたい過去だ。バカなことをしていたと思う。

「すみませんでした、いろいろとご迷惑をかけてしまい」

謝罪の言葉を口にすると、池田さんは首を横に振った。

「今ではもう、可愛い思い出です。それに当時があったからこそ、今の専務がいらっしゃるのでしょう？　……あれほど結婚に対し、頑《かたく》なに拒否していらっしゃり、社長も気に病んでいたというのに、あっさり幼馴染みの桐ケ谷様とご婚約されていたと昨夜聞いた時は、さすがの私も腰が抜けましたよ」

これには何も言えず、苦笑いしてしまう。

父さんや母さんに心配され、これまで何度も縁談を持ちかけられていた。だけど、どんなに魅力的な女性を紹介されても、結婚したいとは思えなかった。

想像できなかったんだ。……両親のように、好きな相手と結婚して幸せな家庭を築きたいという気持ちはある。でも、微かな記憶の中に残っている実の両親のように、仲が悪い夫婦もいるから。

最初はうまくいっていても、途中から仲違《なかたが》いして別れることになったら？　その時、子供がいたら？　……そうなったら、傷つくのは幼い頃の俺と同じように子供だ。だったら別に、無理して結婚しなくてもいい。この先ずっと、ひとりでもいいいと思っていた。……すみれとの結婚の話を聞くまでは。

「ところで専務。……あのことは桐ケ谷様には、お話しされたのですか？」

池田さんの話に、箸を持つ手は止まる。

顔を上げて彼を見れば、俺がすみれに話していないと理解したのか、池田さんは眉根を下げた。

「まだ……でしたか。差し出がましいことと承知しておりますが、私は早くお伝えしたほうがよろしいかと」

「……わかっています。父さんや母さんにも同じことを言われているので。でも、これは約束なんです。……だから話すべきか迷っています」

箸を置き、椅子の背もたれに体重を預ける。

すみれとの結婚話を聞かされた時、ある約束を取り交わした。だからこそ俺はすみれと結婚したい。この先の未来、彼女をずっと守っていきたいと思ったんだ。

「桐ケ谷様のことが大切でご心配なのはわかりますが、真実を伝えることも優しさですよ」

真実を伝えることも優しさ……か。本当にそうなのか？　知らずにいたほうが幸せなこともあるんじゃないだろうか。

悩みに悩んでいると、なぜか池田さんは俺を見てクスリと笑った。

「え、どうして笑ったんですか？」

不思議に思って尋ねると、彼は口元に手を当て答えた。

「すみません。……専務が桐ケ谷様のことを本当に大切に想っていらっしゃることが、ヒシヒシと伝わってまいりましたので、嬉しくてつい。……よかったですね、結婚したいと思える女性と巡り合えて」

驚きを隠せない。……池田さんの目に俺は、すみれが好きで大切でたまらない……そう見えるのだろうか？

「あの……俺、すみれのことを好きなように見えますか？」

思わず聞いてしまうと、池田さんは目を丸くした。

「『見えますか？』も何も……だからこそ、結婚を決められたのですよね？」

逆に聞き返され、返答に困る。

俺はすみれのことをひとりの女性として好きで、結婚を決めたわけではないから。

「もちろん彼女のことが大切で、この先もずっと一緒にいたいですし、守りたいと思っています。……ただ、正直よくわからないんです。人を好きになるって感情が」

親友とすみれ以外に、初めて話す本音。

池田さんだからこそ聞いてほしかった。……そして教えてほしかった。人生経験豊富で、結婚して何十年も経つのに、今も毎日弁当を作ってくれる奥さんがいる池田さんに。

彼を見ると、よほど驚いたのか瞬きせずに俺を見ていた。

その視線に耐えがたくなり、ふと逸らすと彼はフッと笑った。

「そうだったんですか。……あれほど遊ばれていらした専務だったので、そっち方面は充分大人だと思っておりましたが、赤子だったんですね」

『赤子』って……。

事実ながら、その言い回しに悪意を感じるのは、俺だけだろうか。

「答えなら、もう出ていると思いますが？　専務は人を好きになる感情がわからないと言いますが、もうわかっていらっしゃるんじゃないですか？」

「え？」

答えなら出ている？　どういうことだ？

小首を傾げる俺に、池田さんは顔中を和やかにして教えてくれた。

「だってそうでしょう？　なんとも思っていない女性と結婚したいなど、普通なら思いませんから。ましてや守りたいだなんて。……それは間違いなく、好きって気持ちですよ」

そう、なのだろうか。俺がすみれに抱いている感情は〝好き〟というものなのだろうか。

「もちろん守りたいと思うことだけが、恋心ではありません。愛しい、可愛い、一緒にいると楽しい。そういった感情はもちろん、時には信じられないほど負の感情を抱くこともあるものです」

「負の感情……？」

「ええ。苦しい、悲しい。イラ立ちや醜い感情を抱くこともあるかと。……でも、それもすべてひっくるめて〝好き〟なんだと私は思いますよ」

苦しい、悲しい、イラ立ち……そして醜い感情。これまで女性に対して、これらの感情を抱いたことはなかったけれど、心当たりがある。

すみれが部長と仲良くしている話を聞いてイライラしたり、綾瀬さんと親しくなって俺との時間が減るのが面白くなかったり……。それらは、池田さんの言う負の感情なのだろうか。

これも好きって感情のひとつなのか？　少なくともすみれはそんなこと言っていなかった。誰かを好きになるって、時には苦しくなるほど幸せだからと言っていたのに。

……やっぱり俺にはよくわからない。

今さらながら、疑問が浮かぶ。すみれは俺のことが好きだと言うのに、俺はこんな中途半端な気持ちのまま結婚してしまってもいいのだろうか、と。すみれの相手として、俺は相応《ふさわ》しいのだろうか。

彼女は知らないだけじゃないのか？　今までずっとトラウマを抱えていて、人と深く付き合うことを避けてきた。だから男を知らない。知っているのは俺だけだから、好きだと勘違いしているんじゃないのか？

そう思うくせに、すみれとの婚約を解消したくない自分がいる。

自分の気持ちなのに、わからなくなるばかりだった。


それから一週間。

すみれは毎日弁当を作ってくれた。そして変わったことがある。

今までは俺がすみれに質問をし、彼女のことを聞き出すのがほとんどだった。けれど最近は、彼女はよく俺に聞いてくる。些細《ささい》なことから仕事のこと、昔のことなどをいろいろと。

最初は戸惑いつつも、俺が話すたびに彼女が楽しそうに聞くものだから、俺もまた嬉しくなり……。

今までは避けてきた仕事の愚痴も、ついこぼしてしまう。

けれど、すみれは嫌な顔ひとつ見せず、いつも俺の話を聞いてくれた。

その姿にふと想像してしまう。すみれと結婚したら、こういった幸せな毎日を送れるのかもしれないと。

「今日もまた、大変美味しそうなお弁当ですね」

淹れてくれたお茶をデスクに置きながら、池田さんは今日も俺の弁当の中を覗き見る。これがすっかり日課となっていた。

「どうです？　おわかりになってきましたか？　好きって感情を」

そして池田さんと食事をともにし、相談に乗ってもらうことも。

「どうでしょう……。でも、やっぱり彼女とは、この先もずっと一緒にいたいって気持ちは変わりません」

はっきり理解できていない。けれど、それだけは確かな思いだった。

すみれとはこの先もずっと一緒にいたい。昔からずっと守ってきた女の子を、これから先の長い人生でも守っていきたいと。

今の自分の想いを吐露すると、池田さんは微笑んだ。

「今の専務、とてもよいお顔をしておられますよ」

「え、なんですか？　それ」

『よいお顔』だなんて。

笑う俺に、池田さんは続けた。

「一週間前に比べて、とても清々しいお顔をされております。……もう答えなど、出ておいでなのではないですか？」

探るような目を向けられ、ドキッとする。はっきりと理解はできていないけれど、すみれを愛しいと思う感情は日に日に強くなっているから。

彼女を失いたくない、誰にも取られたくないとも思う。これが池田さんの言う、負の感情なのか？

「何はともあれ、ご婚約発表の日もそろそろ決めていきたいところですね。私は今の商談がまとまってからが、ベストかと思います。……それと例の件を無事に終えてからがよいかと」

「……ええ、わかっています」

「その日までには、専務のお気持ちが確かなものになることを、願っております」

池田さんは最後にそう言うと、空になった弁当箱を片づけ始めた。

恋愛感情がなくても、すみれと結婚したいと思っていたけれど、今はそう思わない。ちゃんと、すみれのことを好きになってから結婚したい。それは臆病な彼女が、まっすぐ自分の気持ちを伝えてくれたからかもしれない。

あの日の彼女の告白は今でも鮮明に覚えていて、思い出すと、なぜか胸が苦しくなる。〝痛い〟意味での苦しいではなく、〝嬉しい〟意味での苦しい。

毎日、こうして池田さんに相談に乗ってもらっていると、どうしてこんな気持ちになるのか、答えがわかってきた気がする。

すみれのことが、好きだからかもしれない。幼馴染みでも、妹でも、家族でもない……ひとりの女性として。だからこそ、彼女のちょっとした仕草《しぐさ》や言動に、胸が苦しくなるのではないかと。

……そう思えてならなかった。

婚約に隠された悲しい秘密

朝六時前に起床し、洗濯機を回して朝食やお弁当の準備に取りかかる。

謙信くんに気持ちを伝えてから早二週間。

先週から自分の分に加えて、彼のお弁当も作るようになっていた。鼻歌を歌いながら、ふたつのお弁当箱におかずを詰め込んでいく。

ずっと夢だった。謙信くんのお弁当を作ることが。彼に気持ちを伝えてから、もっと自分に素直になろうと決めた。謙信くんに好きになってもらうには、まずは自分が素直にならないことにはダメだと思ったから。

初めて作った日はドキドキだったけれど、毎日残さず『美味しかったよ』と食べてくれることが嬉しくて、勇気を出してよかったと心から思う。

「うわぁ、今日もすみれちゃんのお弁当、美味しそう」

「ありがとうございます」

この日の昼休み。沙穂さんとやってきたのは、会社の屋上。

部長は今日から一週間出張で不在のため、たまには外で食べようということになり、屋上へやってきた。

「沙穂さんのお弁当も美味しそう」

「えぇ～、そんなやめてよ。すみれちゃんに比べたら、まだまだだから」

最近の沙穂さんは、私と部長に触発されて料理の楽しさに目覚めたらしく、毎日お弁当を作ってきている。

彼氏さんにも手料理を振る舞うと大好評らしく、毎日自炊して、腕を磨いているみたい。

「それにしても、これと同じお弁当をあの専務が食べているかと思うと……なんか微笑ましい」

「ふふふ」と笑う沙穂さんに、気恥ずかしくなる。

彼女には先週、すべてを話した。私の片想いの相手が謙信くんであること。そんな彼と婚約中で、一緒に暮らしていること。……そして自分の想いを伝えたことも。

沙穂さんは終始びっくりしていたけれど、『相手が専務なら言えなくて当たり前』と言ってくれて、『それにしても驚いた』と言いながらも、『何かあったら、力になるから』と励ましてくれた。

今まで、ずっとひとりで謙信くんへの想いを抱えてきた。嬉しいこともつらいことも、苦しいことも。それを、これからは沙穂さんに話してもいいんだって思ったら、心が軽くなり、頑張ろうって思える。

「どうなの？　専務とは。あれから変化があったりする？」

「どうなんでしょう。……私は気持ちを伝えたことによって、少し距離が縮まった気がするのですが……」

以前にも増して、ふたりで過ごす時間が増えた気がする。

私が謙信くんに積極的にいろいろなことを聞いているからだけど、彼も少しずつ自分のことを話してくれるようになったし。

「そっかそっか、それはよかった。しかし意外だなぁ、あんな完璧な人が好きって気持ちを知らないとか」

「……はい」

返事をすると、沙穂さんは箸を手にしたままハッとした。

「もしかしたら、少し前に私が専務にジロジロ見られていたのって、気のせいじゃなくてヤキモチの一種なんじゃないかな」

「……まさか」

びっくりして心臓が止まりそうになる。

ヤキモチだなんて、まさか謙信くんに限ってないよね。そう思うものの、沙穂さんの話をすると様子が違ったのは、もしかして……？

そうだったら嬉しいと、期待しちゃう自分がいる。もっと頑張れば、謙信くんに私の想いが届くのかもしれないって。

手はすっかり止まり、想いを巡らせていると、沙穂さんは声を弾ませて言った。

「でも、私はすみれちゃんと結婚するって決断した時点で、専務は自分でも気づかないうちに、すみれちゃんのことを意識していると思うけどなぁ」

沙穂さんはいつもそう言って励ましてくれるけれど、素直に頷くことはできない。

それと同時に、ある疑問が浮かんでしまうんだ。

謙信くんはおじさまたちに、しつこく『結婚しろ』って言われてうんざりしていた。そんな時に、私との結婚話が持ち上がり、私とならいいと思ったそうだけど……。

本当に、たったそれだけの理由で結婚を決めたのかなって。やっぱり結婚って一生に一度のことだし、人生を左右するような大きな決断だと思うから。

私を好きでもないのに、どうして……？

その思いは強くなるばかりだった。

終業のベルが鳴ると、オフィス内は騒がしくなる。キリがいいところで仕事を切り上げ、退社していく社員、変わらず仕事に取り組み、残業していく社員もいる中、私はパソコンを閉じて帰り支度を始めた。

すると、先に身支度を整えた沙穂さんが、バッグを手にやってきた。

「すみれちゃん、確か今日、帰りにスーパーに寄って帰るって言っていたよね?」

「はい」

バッグに貴重品を入れながら答える。

「ねぇ、私も一緒に行っていい? 今日の夜、彼氏がご飯食べに来るって、さっき連絡がきて。食材を買いに行きたいの」

「もちろんです」

「本当? よかった」

いつもひとりで行くことが多いから、沙穂さんが一緒だなんて嬉しいな。

残っている先輩たちに挨拶をし、沙穂さんとオフィスをあとにした。

「今日は専務……じゃなくて、彼は帰り遅いの?」

途中の廊下で、周囲に社員がたくさんいることにハッとした沙穂さんは、慌てて言葉を言い換えて聞いてきた。

「はい、今日は遅くなるみたいです」

だから今夜はガッツリメニューじゃなくて、胃に負担がかからない軽めの料理にしようかな。

そんなことを考えながら順番にエレベーターに乗り込み、一階に着くと、エントランスへと向かう。

「沙穂さんは今日、彼氏さんが来るんですよね。もう、何を作るか決めているんですか？」

「うん、から揚げが食べたいってリクエストされたから、鶏肉を買っていかないと」

そう話す沙穂さんの顔は緩んでいて、幸せいっぱいなんだって伝わってくる。

「この前、部長に教えてもらった味付けしてみようと思って」

「いいと思います。私も試したら美味しかったので、おすすめですよ」

「本当？　楽しみー。早く作って食べたくなる」

ふたりで盛り上がりながらエントランスを抜け、歩道に出る。

人の波に乗り、最寄り駅に向かおうとした瞬間、いきなり腕をつかまれた。

「キャッ⁉」

急なことで、身体がバランスを崩す。

どうにか転倒は免れたものの……一体誰？

つかまれたその手を辿っていくと、意外な人物に息が詰まるほど驚いてしまった。

「え……嘘」

唖然とする私に、相手はニッコリ微笑んだ。

「久し振り、すみれ。……元気だった？」

私の腕をつかんでいるのは、叔父さんの息子……桐ケ谷流の跡継ぎであり、たったひとりの従兄弟《いとこ》、桐ケ谷一弥《いちや》だった。

昔と変わらないサラサラの黒髪に、色白でアーモンド形のクリッとした瞳と薄い唇。よく女の子に間違われるほどの美少年だったけれど、以前会った時より身長が伸びていて、鍛えたのかな？　筋肉がついて男らしくなった気がする。

「一弥くん、だよね？」

本人を目の前に、こんなことを聞くのはおかしいけれど、聞きたくもなる。

だって、彼は私より二歳年下の二十一歳で、大学三年生。そして高校入学と同時に海外の学校に進学し、大学生になった今も海外に在住しているのだから。

「やだな、すみれ。僕の顔、忘れちゃったの？　……だから僕に何も言わずに、結婚決めちゃったわけ？」

「えっ……」

感情の読めない顔で淡々と話す彼に、耳を疑う。

『僕に何も言わず』って、どういう意味？　そもそも、なぜ一弥くんがここに？　私は彼に嫌われているはずなのに。

腕をつかまれたまま彼を見つめていると、私がいないことに気づいた沙穂さんが慌てて戻ってきた。

「よかった、すみれちゃん見つかって。もう、急にいなくなるから私、心配しちゃって……」

私の姿を見つけてホッとした沙穂さんだけれど、一弥くんの存在に気づいてすぐに口を結んだ。

「ごめんなさい、えっと……？」

初めて見る一弥くんに、沙穂さんはもちろん、一弥くんもまた沙穂さんを見て驚き、私を凝視してきた。

「え、何？　もしかしてすみれの友達……？」

幼い頃の私を知っているから、一弥くんは目を白黒させている。

「あ、えっとそうなの。仲良くしてもらっている職場の先輩なの」

私が沙穂さんのことを紹介すると、沙穂さんも一弥くんに頭を下げた。

「初めまして。すみれちゃんと同じ職場で働いている、綾瀬沙穂といいます」

「あ、初めまして。すみれと従兄弟の桐ケ谷一弥です」

「従兄弟⁉」

一弥くんが私の腕を離して挨拶すると、沙穂さんは驚いて声をあげた。

「そうだったんですね！　言われてみれば、すみれちゃんと似てる」

私と一弥くんを、交互に見ながら言う沙穂さん。

「そうですか？　僕はあまり似てないと思うんですけど。……しかし驚きました。まさかすみれに友達ができるとは。……よかったじゃん、すみれ」

「えっ？　あ、うん……」

『よかったじゃん』と言いながら、顔は笑っているけれど……。

本気で喜んでいるとは思えない冷めた目で、一弥くんがいきなり私の頭を撫でてきて、戸惑う。

だって一弥くんは、こういうことを私にする人じゃなかったから。

「実は今、留学先から一時帰国していまして。それで、久し振りにすみれに会いたくなって来ちゃったんです。……もしかして、今日これから綾瀬さん、すみれと予定がありましたか？」

妙に演技がかった白々しい態度で聞く一弥くんに、沙穂さんは首をブンブンと左右に大きく振った。

「そうだったんですね。いいえ、全然大丈夫ですよ！　ただ一緒に買い物行こうって話していただけですから。久し振りにふたりでゆっくり過ごされてください」

「すみません、ありがとうございます」

「え、ちょっと一弥くん？」

勝手に沙穂さんと話を進めた一弥くんは、再び私の手を取った。

「それでは、すみれを連れていきますね」

「すみれちゃん、また明日ね」

私たちに向かって手をひらひらさせる沙穂さんに見送られ、一弥くんに引きずられていく。

「せっかくだし、どこかでお茶しない？　それとも、ご飯食べる？」

お茶にご飯って……私と一弥くんが⁉　冗談でしょ⁉

「一弥くん、待って！　どうして急に来たの？　だって一弥くん、私のこと嫌いだったよね？」

思わず声を荒らげると、彼はピタリと足を止めて振り返った。そして、やっぱり感情の読めない顔で私を見つめてくる。

一弥くんとは、幼い頃は仲がよかった。彼がうちに来るとよく遊んだし、謙信くんより歳が近く、年下ってこともあり、私は勝手にお姉ちゃん気取りしていた時期もあった。

けれど、大きくなるにつれて会う回数は減っていき、彼が思春期を迎える頃、私は彼に嫌われ始めた。

会っても口を利いてくれなくなったし、面と向かって言われたのだ。『俺、すみれのこと嫌いなんだよね』って。

それは、私が高校一年生の時だった。

それから一弥くんとは年に一度、親族が集まるお正月に会っても、ひと言も話さなくなった。一弥くんが海外に行ってから、お正月に帰ってくるのは二年に一度だけになって、ますます疎遠になっていた。

それなのに、なぜ？　どうして急に会いに来たり、こうして普通に話しかけてくるの？　『嫌い』って言ったのは、そっちなのに。

歩道で立ち尽くしていると通行人の邪魔になり、気まずいままふたりで端へ移動すると、一弥くんはぶっきらぼうに呟いた。

「そんなの、愛情の裏返しだ、っていい加減気づけよ、バカ」

「……え」

愛情の裏返し……？

彼を凝視すると、途端に一弥くんは顔を赤く染め、そっぽを向いた。

「見るなよ」

「ごっ、ごめん」

思わず謝り、視線を逸らしちゃったものの……。再びチラッと一弥くんを見ると、やっぱり恥ずかしそうに手で顔を隠していた。

信じられない、一弥くんが照れている。

いつも私の前では機嫌が悪そうで、話しかけるなオーラを出していた。

今年のお正月に帰ってこなかったから、会うのは一年半ぶり。この前会った時だって、新年の挨拶をしても返してくれなかったほどだ。

だから、こんな一弥くんを見るのは初めてだった。

「すみれに会いたくて、一時帰国してきたんだ。実家での挨拶もそこそこにね。おかげで腹ペコなんだ。とりあえず、どこか店に入ってもいい？」

「あ……うん」

意味深な言葉にドキッとしつつ返事をすると、一弥くんは周囲を見回したあと、近くにあったファミレスを指差した。

「あそこでいいや。適度に騒がしくて話しやすそう。行こう」

「あっ……ちょっとあの、手を……っ！」

なぜか手は繋がれたまま、強引にファミレスに連れていかれた。


「すみれ、本当に飲み物だけでいいの？」

「うん、家に帰ってから食べるから……」

「そう？　じゃあ悪いけど俺、食べるから」

そう言うと、一弥くんは運ばれてきたチョコレートパフェを、パクパクと口に運んでいく。

その様子をドリンクバーの紅茶片手に、唖然と眺めてしまう。

知らなかった、一弥くんが甘党だったなんて。従兄弟なのに知らないことばかりだ。

そんな思いで眺めていると、半分以上食べ終えたところで、一弥くんはポツリポツリと語りだした。

「あのさ、さっきの話の続きだけど……すみれのこと、嫌いなわけないじゃん。むしろ好きだから嫌いって言っちゃっただけだし」

「え……？」

好きだから嫌いだって言った？　それって、えっと……つまりどういう意味？　頭の中が混乱する。

「だって、あの頃のすみれ、どんどん可愛くなっていくし。……おまけにあいつに夢中だったじゃん。俺なんて相手にされていないのが悔しくて、嫌いだって言ったんだ」

順を追って説明されても、目をパチクリさせてしまう。

そんな私を、一弥くんはチラッと見た。

「この際はっきり言うけどなぁ、俺は結婚したいくらいすみれが好きなんだよ、昔から！」

「え……ええっ⁉」

投げやりに言われた言葉に、ここがファミレスということも忘れて、大きな声をあげてしまった。

けれど、それもそのはず。だってまさか、そんなっ……！　一弥くんが私のことを、昔からずっと好きだったなんて。

ただただ驚く私に、一弥くんはガックリうなだれ、深いため息を漏らした。

「やっぱ気づいていなかったんだ」

拳を握りしめ、すぐさま反論に出る。

「だ、だって嫌いだって言われたし、それに私と一弥くんは従兄弟同士だしっ」

そうだよ、気づけるわけがない。一弥くんの私に対する態度からは、好きだなんて感情、全く伝わってこなかったのだから。それに従兄弟だから、そういう対象として見ることなんてできなかった。

それなのに一弥くんは頬杖をついて、とんでもないことを言いだした。

「すみれ、知らないの？　法律で、従兄弟同士は結婚できるんだぜ？」

「そっ、それはそうかもしれないけどっ……！」

まさか『結婚』のワードが出るとは思わず、ギョッとする。

「仕方ねぇじゃん？　……好きな相手には素直になれねぇんだよ」

目を伏せて乱暴に話す一弥くんに、なぜか胸が鳴ってしまった。

な、なんで私、ドキドキしちゃっているの？

自分の感情に戸惑う間も、一弥くんは続ける。

「どうせすみれのことだ、ウジウジ悩んであいつに告白なんて到底できないと高を括《くく》ってた。……だから大学を卒業するまで向こうでしっかり勉強して、自分に自信をつけてから、すみれに告白しようと思ってたんだ。それなのになんだよ、俺が留学中にあいつと婚約とか。両親から聞いて、慌てて帰ってきたんだ」

神妙な面持ちを見せる彼に、戸惑いを隠せない。だって、すぐに信じることなんてできないから。一弥くんが私を好き……だなんて。

先ほどまでとは違い、一弥くんは私から視線を逸らすことなく、真剣な眼差しを向けてきた。

そして騒がしい店内で、彼は私の様子を窺いながら聞いてきた。

「俺、ずっとすみれのことが好きだったから、お前があいつのことを好きだってことはわかるけど、あいつはどうなんだよ」

一弥くんが言う〝あいつ〟は、間違いなく謙信くんのこと。

誰にもバレていないと思っていた気持ちは、おじいちゃんだけではなく一弥くんにも知られていたようだ。

「あいつもちゃんと、すみれのことを好きなの？」

「それはっ……」

言葉が続かない。答えはもちろん〝NO〟だから。謙信くんは、私に恋愛感情を抱いていない。

何も言わない私に確信を得たのか、一弥くんは眉間に皺を寄せて畳みかけてきた。

「やっぱりあいつはお前のことなんて、好きじゃないんだろ？　なら、なんで婚約なんかして一緒に暮らしているんだよ。……つらくないのか？」

大きく揺れる一弥くんの瞳。

心配、してくれているんだよね？　一弥くん。だからこうして、わざわざ会いに来てくれたんでしょ？

「つらく、ないよ」

だったら伝える。今の私の気持ちを一弥くんに。

小さく深呼吸をし、穴が空くほど私をジッと見つめる一弥くんと目を合わす。

「一弥くんの言う通り、謙信くんは私のことを好きじゃない。でも、私と結婚したいって言ってくれたの。……どんなかたちでも謙信くんのそばにいられるなら、私は幸せだから。それに今、彼に好きになってもらえるように努力しているの。自分の気持ちも伝えた」

「え……伝えたって、告白したのか？」

アーモンド形の瞳を大きく開いて、驚く一弥くん。私が頷くと、彼は信じられないと言いたそうに、私をまじまじと凝視してくる。

その姿に苦笑い。

「今までの私だったら、きっと無理だったと思う。臆病で勇気を出せなくて、弱虫だったから。……そんな私を変えてくれたのは謙信くんなの。謙信くんのおかげで、初めてなんでも話せる友達ができて、強い自分になれた」

強い自分になれたからこそ、謙信くんに告白することができたと思う。

「昔から、一度も自分のことを好きになれなかった。……でも、今は違う。伝えたいことを伝えられるようになった自分が好き。だからこそ、変わるきっかけをくれた謙信くんのことが、昔よりずっとずっと好きになっているの」

「すみれ……」

初恋の人。そして、きっと生涯でただひとりの好きな人。私にとって謙信くんは、なくてはならない存在だ。

「だから、つらくないよ。……ごめんね、びっくりしたし、一弥くんの気持ちはすごく嬉しいけど、私が好きなのは謙信くんだけなの。昔も、この先もずっと」

こんな私を好きになってくれて嬉しい。好きって言われてドキドキもした。けれど、やっぱり私が好きなのは、謙信くんなんだ。

彼の瞳を捕らえたまま、今の自分の気持ちをすべて打ち明けると、一弥くんは唇を噛みしめた。

「あいつはお前のこと、なんとも思っていないんだぞ？　ただの同情で結婚を決めたんだ。……それでもいいのか？」

同情——。確かにそうなのかもしれない。謙信くんの中でそういう感情があったのかもしれない。

「うん、それでもいい。これから私が変えるから」

そうだ、大切なのは過去じゃない。今この瞬間と、そして未来だ。長い時間を共有していく中で、私が彼の気持ちを変えていけばいい。

精いっぱいの気持ちを伝えると、一弥くんはなぜか顔を歪めた。

「……一弥くん？」

彼の名前を呼ぶと、一弥くんは声を荒らげた。

「なんであんなやつがいいんだよ！　じいちゃんが病気だからって、結婚を決めたやつだぞ？」

彼の言葉に耳を疑う。

「ちょっと待って、一弥くん。今……なんて言った？　おじいちゃんが病気って、どういうこと？」

乾いた笑い声が漏れ、震える声で問いかけた。

すると彼は呆れたように言う。

「あいつがお前と結婚を決めた理由は、同情以外の何物でもない。……じいちゃんが病気で、この先、いつ、何があるかわからないからだ」

嘘、そんなまさか……。おじいちゃんが病気だなんて、冗談にしたってあんまりだ。

……なのに、硬い表情を見せる一弥くんに焦りを覚える。

「俺も帰国するなり聞かされて驚いたけど、じいちゃん、今日手術するんだって。お前には内緒だって親父に口止めされてたけど、もう黙ってらえねぇ」

「手術って……まさか」

言葉を失う。そんなこと知らない、知らされていない。口止めって、どうして……？

おじいちゃんには、謙信くんとの生活に腰を据えろと言われ、連絡を取っていなかった。何も連絡がないのは、元気でいる証拠とばかり思っていた。

「家の修繕工事なんてしなければよかった。ずっとおじいちゃんのそばにいれば、病気に気づけたのに」

ポツリと漏らすと、一弥くんは目を見開いた。

「工事って、何言ってるんだ？　すみれの家、工事なんてしていなかったぞ？」

「う、そ……」

バクバクとうるさい心臓。

じゃあ、どうして私は家を出なくちゃいけなかったの？　おじいちゃん、修繕工事には半年くらいかかるって言っていたよね？

新しい生活に慣れることで精いっぱいで、工事の様子を一度も見に行かなかったことを後悔する。見に行っていたら、気づけたことなのに。

「すみれは本当に知らなかったのか？　今夜、じいちゃんが手術する病院には親父や母さん、それにあいつも来ているはず。……一緒に暮らしていて気づかなかったか？　親父が言うには、あいつ、頻繁にじいちゃんに会ってるみたいだけど」

「謙信くんが……？」

私、謙信くんからそんな話、一度も聞いていない。確かに帰りが遅くなることは度々あったけれど、それは仕事が終わらなかったり、付き合いだとばかり思っていた。実際に、彼もそう言っていたから。

でも違ったの？　謙信くんは本当に一弥くんの言う通り、私に内緒でおじいちゃんに会っていたの？　……私と結婚を決めたのは、同情だったの？　それは今も変わらない？　それに、どうして謙信くんは私に何も話してくれなかったの？

「俺もこのあと、病院に行くつもり。……すみれも来るか？　そんなに信じられないなら、自分の目で確かめればいい」

『確かめればいい』って言われても、怖い。もし、一弥くんの言っていることが本当だったら？　おじいちゃん、手術するほど悪い病気なんだよね？　まさか、このまま二度と会えなくなるなんてこと、ないよね？

考えれば考えるほど不安になる。けれど、ここでまた逃げて病院に行かず、あとから聞かされて知ったら、絶対後悔するよね。

もしかしたら、深刻な状況なのかもしれない。だったら、怖いなんて言っていられない。それに――。

残りのパフェを口に運ぶと、席を立つ一弥くん。

「どうする？　俺はもう行くけど」

立ったまま私を見下ろす彼。

意を決し、私も立ち上がった。

「私も連れてって。……ちゃんと自分の目で確かめたい」

臆病な自分はもう嫌。逃げないって決めた。だからこそ、自分の目で確かめる。そして聞きたい。……謙信くんに、一弥くんの言っていたことはすべて真実なのか。おじいちゃんはなんの病気なのか、今どんな症状なのか、私には話してくれなかったんだもの。……それほど悪いってことなの？　病気で手術するほどなんだもの、もしかしたらこのまま一生会えなくなる可能性があるのに、どうして？

謙信くんは知っているよね？　私にとっておじいちゃんが、どれほど大切な存在なのかを。本当に、このままおじいちゃんに会えなくなっちゃったら私、謙信くんのことを許せないよ。

ショックと悲しい気持ちが入り混じり、胸がズキズキと痛む。それでも真実を知りたくて一弥くんとファミレスをあとにし、向かった先は都内で有名な大学病院。

夜間専用出入口から入り、薄暗い廊下を進んでいく。

すると、ここまで何も言わなかった一弥くんが尋ねてきた。

「なぁ……お前、大丈夫だよな？　ここまで来て今さらだけどさ、ちゃんと現実を受け止められるよな？」

足を止めた一弥くんに、私も立ち止まり、見つめ合う。

「じいちゃんのことも、あいつのことも」

私の心を探るように見る一弥くんに、息を呑む。

私……受け止められるよね？　だから、こうしてついてきたんだよね？

不安になり、自分自身に問いかけてしまう。正直、こうして実際に病院に来た今も、夢の中にいるような気がする。

だって、おじいちゃんが手術中だなんて――。謙信くんがそれを私に黙っていたことも、だから結婚を決めたかもしれないことも、信じたくない。

それらすべてが真実だとしたら、私……ちゃんと受け入れることができるのかな。どうなっちゃうんだろう。自分のことなのにわからないなんて。

戸惑い立ち尽くしていると、見かねた一弥くんは私の手を取り、歩きだした。

「え、あ……一弥くん？」

彼は何も言わず突き進む。そしてエレベーターに乗り込むと、私の手を強く握りしめた。

「いいよ、受け入れられなくても。突然じいちゃんが手術するって聞かされても、戸惑うよな。……大丈夫、その時は俺が支えてやる。だけど、事実だけは知っててほしい。……知らないまま、あいつと結婚なんてしてほしくない」

「一弥くん……」

エレベーターが目的の階に着き、ドアがゆっくりと開いた。

「行くぞ」

最後にそう言うと、一弥くんは私の手を強く握ったまま歩きだす。

一弥くんの言う通り、私はまだ困惑している。おじいちゃんのことも、謙信くんのことも。

でも、私の知らない間にいろいろなことが進んでいるなんて嫌だ。状況を理解できないほど子供じゃない。大切な家族に何かあっても、受け入れられないほど弱い人間じゃない。

だからどんな事実が待っていても、真正面からしっかり受け止めたい。

強い決意を胸に、一弥くんと歩を進める。

見えてきた薄暗い廊下の先は明るく、複数の人影を視界が捕らえる。

確かめたい。知らないままなんて嫌だから。

自分を奮い立たせるものの、心臓は壊れてしまいそうなほど速く波打っている。

それでも一弥くんに手を引かれ、止まることなく進んでいくと、鮮明に見えてきた人物。

それは一弥くんの両親である叔父さんや、叔母さん。……そして、私を見て驚いている謙信くんだった。

「……すみれ？」

三人がいたのは、手術室の前。扉の上で赤く点灯しているのは〝手術中〟の文字。

間違いない。あの扉の先におじいちゃんがいるんだ。

謙信くんを見れば、困った顔をしている。

その表情ですべてを悟った。一弥くんの話は本当なのだと。

「一弥、お前っ……！　すみれちゃんに話したのか⁉」

いつも優しい叔父さんが声を荒らげ、一弥くんに詰め寄ってきた。

「あぁ、話したよ！　つーか、話すに決まってるだろ‼　どうしてすみれだけ除《の》け者にするんだよ！　一番じいちゃんのそばについていてやりたいのは、すみれだろうが‼」

廊下中に響く一弥くんの声に、叔父さんと叔母さんは私を見たあと、ゆっくりと視線を落とした。

もう疑う余地もない、これが現実なんだ。……私だけが知らなかった事実なんだ。

「一弥くん、ごめん」

繋がれていた手を離し、向かう先は私を見つめたまま立ち尽くす謙信くんのもと。

静かな廊下に私の足音が異様に響く。

もう信じるしかない。おじいちゃんが病気で今、手術中だってことを。でも彼の気持ちだけはそう簡単に信じることなどできない。ちゃんと聞かせてほしい。謙信くんの口から真実を。

彼の一歩手前で立ち止まり、謙信くんの瞳をジッと見つめ、震える声で聞いた。

「お願い、謙信くん……。本当のことを教えてっ」

おじいちゃんのことも、謙信くんの気持ちもすべて聞かせてほしい。

すがる思いで見つめると、彼の瞳が大きく揺れた。けれど謙信くんは口を開くことなく、困った様子でただ私を見つめ返すだけ。

どうして話してくれないの？　私……謙信くんの口からちゃんと聞きたいのに。

どれくらいの時間、見つめ合っていただろうか。静かな廊下に、叔父さんの声が響いた。

「氷室さん、父の手術はまだかかると思いますし、場所を変えてすみれちゃんに話してあげてください。……一弥の言う通り、父のそばに一番ついていたいのは、すみれちゃんですから」

叔父さんの言葉に謙信くんは、私の様子を窺ってきた。

「謙信くん、お願い」

もう一度伝えると、彼は叔父さんに「すみません、席を外します」と言うと、私の肩を抱き、廊下を進んでいく。

向かった先はエレベーターホール前。

一台の長椅子が設置されていて、先に腰を下ろした謙信くんに続き、私も座った。

けれど心が落ち着かず、膝の上で拳をギュッと握りしめてしまう。すると謙信くんはそんな私の手を包み込むように握りしめた。

「ごめん、すみれ。……じいさんのこと、黙ってて」

私の手を握ったまま語りだした謙信くんの話に、耳を傾けた。

「じいさん……心臓を患《わずら》っているんだ。歳も歳だし、手術するか最後までずっと悩んでいた」

おじいちゃんの心臓が悪かったなんて――。きっと病院にも何度も通っていたんだよね？　それなのに私、全然気づけなかった。一緒に暮らしていて、誰よりも長い時間そばにいたのに。

「謙信くん……いつからおじいちゃんの病気のこと、知っていたの？　おじいちゃんはどれくらい悪い症状なの？」

「それは……」

言葉を濁す謙信くん。

眉根を寄せ、思いつめた表情で私を見るものだから、彼が答える前に再び尋ねた。

「どうして私に話してくれなかったの……?」

一弥くんが教えてくれなかったら私、ずっと知らないままだった。それなのに、どうして?

答えが知りたくてジッと見つめるものの、謙信くんは視線を落として「ごめん」と呟いた。

「ごめんって……どうして教えてくれないの?」

聞いても、謙信くんは固く瞼を閉じたまま答えてくれない。

その姿にイラ立ちを覚えていく。

「謙信くんが話してくれないのは、私が人とうまく話せなくて頼りないから? だから、大切な家族のことも知らせてもらえないの?」

「何言ってっ……!」

顔を上げた彼の顔は、焦っているように見える。

そんな顔を見せられては、止まらない。ちゃんと謙信くんの口から聞きたいのに、怖くて彼の声に被せた。

「結婚するって、家族になるってことだよ？　喜びも悲しみも、分かち合っていくものじゃないの⁉　謙信くん、私に言ってくれたよね？　どんなことでも話してくれるって。それなのに、どうしておじいちゃんのこと、教えてくれなかったの⁉」

感情は昂《たかぶ》り、自分でも驚くほど大きな声が出てしまう。

一度溢れ出た感情は止まらず、顔を強張《こわば》らせる彼に想いをぶつけた。

「謙信くんは人を好きになる気持ちがわからなくて、結婚に興味がなかったのに、どうして私と結婚しようって思ったの？　人生を左右するような大きな決断でしょ⁉　なのに、どうして私と……結婚は同情からなの？」

「ちがっ……！　そんなわけないだろ⁉」

繋いでいた手を離し、目を吊《つ》り上げて声を荒らげる彼に怯む。

こんなに怒っている謙信くんは、初めて見た。

……でも、どうして怒るの？　図星だから？

彼はすぐにハッとし、「悪い……」と漏らすものの、ショックで悲しくて涙が溢れそうになる。

私……最初は謙信くんのそばにいられるなら、どんなかたちでもいいと思っていた。

でも彼と一緒に暮らしていく中で、私は変わることができた。昔と違って〝自分が好き〟って思えるくらい。今なら、謙信くんに本当に私自身を好きになってくれるかもしれない……そう思い始めていた。

だからこそ、一番大事なおじいちゃんのことを話してもらえず悲しい。『俺は何があってもすみれの味方だ』って言ってくれていたのに……。

彼の中では、私はいまだに妹のような存在で、頼りにならない、守ってあげないといけない人なんだ。

今は『そばにいられるならどんなかたちでもいい』とは思えない。同情で一緒にいてもらっても、私は幸せになれないよ。

「私……謙信くんの気持ちがわからない」

胸が張り裂《さ》けそうなほど苦しくて、こぼれ落ちた雫が頬を伝い、慌てて手で拭った。

「すみれ……俺……」

彼の手が伸びてきた瞬間、思わず払い除けてしまった。

「すみれ……」

悲しげに揺れる謙信くんの瞳。

でも私、もう無理。こんな気持ちのまま、謙信くんと一緒にいられない。

「謙信くん、婚約は解消してほしい。……謙信くんと一緒に暮らして花嫁修業を続けることなんてできない。……結婚なんて考えられないからっ」

理由を話してくれない、否定もしてくれない。きっとそれが真実なんだ。そんな謙信くんと、このまま結婚なんてできないよ。

「ごめっ……おじいちゃんが心配だから戻るね。……謙信くんはもう帰って」

ごしごしと涙を拭い、踵《きびす》を返した瞬間、腕をつかまれた。

「待ってくれ、すみれ！」

「いやっ、離してっ‼」

大きく振り払っても、彼は腕を離してくれない。

「離すわけないだろ⁉　俺はまだ話が終わっていないから！」

彼の端正な顔が険しく歪み、身体が強張る。

「すみれ、俺はっ――」

謙信くんがそう言いかけた時、彼につかまれていない腕を勢いよく引かれた。

「きゃっ……」

咄嗟に謙信くんの手が離れ、私は身体のバランスを崩しながら引き寄せられていく。

「もういいだろ？　すみれが泣いているの、気づいていないのか？」

謙信くんに向かって放たれた低い声。それは私の身体を抱き寄せている一弥くんのものだった。

「今日のところは帰ってくれ。……あとは家族の問題だから。他人のあんたにいてほしくない」

冷たく言うと、一弥くんは私の肩を抱き、歩きだした。

「謙信くっ――」

「振り返るな、すみれ」

思わず振り返ろうとした私の肩を強く抱き、一弥くんは厳しい口調で言った。

「自分で言ったんだろ？　あいつに婚約解消してくれって。……だったら振り返るな」

そうだ、私……自分で言ったんだ。

背後から視線を感じる。けれど、私を引き止める声は聞こえてこない。

これでいいんだよね？　そもそも、最初から間違っていた。私が一方的に好きなだけで、結婚しようとしていたことが。謙信くんにも好きになってもらわないと、なんの意味もなかったのに。

再びこぼれ落ちる涙。

一弥くんは何も言わず、私の肩を抱いたままゆっくりと手術室前へ戻っていった。

未来は自分で切り開くもの

あれから手術室前に戻った私たち。

叔父さんと叔母さんは察してくれたのか、何も聞かずにいてくれた。

そして涙も落ち着いた頃、手術室のランプが消え、医師から無事に手術が終わったことを告げられた。

けれど、まだおじいちゃんは眠ったまま。

「すみれちゃん、本当に帰らないの？」

「はい、おじいちゃんについていたいんです。気にせず叔母さんたちは一度帰って、家で休んでください。ずっと付き添っていただき、本当にありがとうございました」

叔父さんから、おじいちゃんの身体の状態のことを聞いた。長時間に及ぶ手術だったけれど、生死に関わるほどのものではないと聞いて、少し安心した。

叔父さんたちは手術前からずっと付き添っていてくれたんだもの、疲れがたまっているはず。

笑顔で伝えると、叔父さんと叔母さんは顔を見合わせた。

「本当に大丈夫?」

「はい! 私なら平気ですので」

 もう一度伝えると、叔父さんたちは納得したのか、「また明日来るね」と言って帰っていった。


ふたりを見送った私の隣には、一弥くんがいる。

「一弥くんも帰ってよかったのに」

「バーカ、すみれひとり残して帰れるかよ。行くぞ」

「あ、うん」

先に歩きだした一弥くん。

半歩後ろを歩き、向かった先は集中治療室。

ガラス窓一枚越しに見るおじいちゃんは、固く瞼を閉じたまま。

容態が安定したら面会できるって聞いたけれど……心配で帰れそうにない。目を覚ますまで、不安でいても立ってもいられないよ。

私、謙信くんとの生活にいっぱいいっぱいで、おじいちゃんに会いに行くことも、連絡さえもしなかった。

勝手におじいちゃんはまだ元気で、いつまでも長生きしてくれると思っていたから。

だから『連絡してくるな』『謙信との生活を頑張れ』って言葉を鵜呑《うの》みにして、おじいちゃんのことを何も考えていなかった。きっと、お弟子さんの家で元気に過ごしているんだろうって。

ずっと一緒に暮らしてきた私が、何やっているんだろう。おじいちゃんの病気に気づかず、離れて暮らしている間、心配もせずに呑気でいて。

それに……。脳裏に浮かぶのは引っ越しの日、おじいちゃんが言っていた言葉。

『じいちゃんも、いつまでも生きていられるわけではない。自分に何かあった時、お前が今のままだったら、じいちゃんは心配で死んでも死に切れん』

『そうはいかんだろう？　じいちゃんだって人間だ。寿命はくる。……そうなった時、すみれが幸せなら安心して逝ける。だからすみれ、苦手を克服して謙信と幸せになれ』

おじいちゃんはあの時、どんな思いで私に言ってくれたのかな。どんな気持ちで送り出してくれたんだろう。

おじいちゃんのことを考えれば考えるほど、自分が嫌になる。

ガラス窓に手をつき、おじいちゃんを見つめていると、隣に立つ一弥くんがボソッと言った。

「大丈夫か？」

その声に隣を見れば、心配そうに私を見つめる一弥くんが話を続けた。

「さっきも。……あいつにあんなことを言って、本当によかったのか？　泣くほど好きなんだろ？」

どう答えたらいいのかわからず、目を伏せた。

最後に見た謙信くんは、つらそうな顔をしていた。……彼は私に何を言おうとしていたのかな。俺はまだ話が終わっていない、って言っていた。

でも、どんな話があるというの？　聞いても話してくれなかったのに。

「後悔していないのか？」

何も答えない私に、再び投げかけられた質問。

すぐに答えられる。

「後悔、していないよ。……やっぱりこんな結婚、間違っていると思うから」

結婚って、お互いの〝好き〟って気持ちの先にあるものだから。

「後悔していない。……だから私、もう一度片想いから始める」

「え、片想いから？」

聞き返してきた一弥くんに、深く頷いた。

「おじいちゃんのことを黙っていたのも、私と結婚しようとしたのも、謙信くんの優しさだと思う。けれどその優しさは私にはつらくて、悲しかった。おじいちゃんのことを隠さずに話してほしかったし、私をひとりの人間として見てほしかった。……私はもう謙信くんに守ってもらわなくちゃいけないほど、弱い人間じゃないから」

だから、今のままの関係は終わりにしたい。もう一度片想いから始めたい。

「すみれにとって、あいつはそれほど大切な存在？　……どんなに俺が頑張っても、これから先もずっと？」

悲しげに瞳を揺らす彼に、胸が痛くなる。

でも、一弥くんは私に正直な気持ちを伝えてくれた。

だからこそ、私も嘘をつきたくない。……たとえ、一弥くんを傷つけるとしても。

彼の瞳をしっかり捕らえたまま言った。

「うん。この先もずっと、私にとって謙信くんは大切な存在。……だってどんなに諦めようと思っても、諦められずにいた人だもの。この気持ちは絶対に変わらない自信がある」

迷いなく伝えると、一弥くんは吹っ切れた様子で笑みをこぼした。

「清々しいほどはっきり言うな、お前。……おかげで女々しく片想いする気力、失せたわ」

そう言うと、彼はポンと私の頭に触れた。

「昔は二歳の差を埋めて、お前に追いつくだけで精いっぱいだった。早く身長抜かしてやりたくてさ。……こうやってあいつがすみれの頭を撫でているのが、うらやましくて仕方なかった」

私の頭に触れる彼の手は、温かくて優しくて泣きそうになる。

「でも、いくらすみれの身長を追い抜かしても、どんなに俺が努力をしても、すみれが好きなあいつにはなれないいんだよな」

ゆっくりと離れていく彼の手。すると一弥くんは意地悪な顔で言った。

「いいんじゃねぇの？　一から片想い。……すみれには片想いが似合っている」

「……何それ」

ちょっと失礼じゃない？　片想いが似合っているだなんて。けれど、わかっているよ。これが一弥くんからのエールだって。

彼と顔を見合わせ、どちらからともなくクスクスと笑ってしまった。

「今度はあいつに同情されてじゃなく、好きだからこそ結婚してもらえるように頑張れよ」

「うん……ありがとう」

「そのほうが、じいちゃんも安心すると思う。……じいちゃんは昔からずっと、すみれの心配ばかりしているからさ」

そう話す一弥くんが見つめるのは、集中治療室にいるおじいちゃん。

「友達ができて、あいつに自分の気持ちを伝えるすみれを見たら、じいちゃんびっくりして腰抜かすかもな」

「……そうかも」

そんな姿が想像できて、口元が緩む。友達ができたって言ったら、おじいちゃんはすごく喜んでくれると思う。

昔、仲のいい友達がひとりもいなくて、クラスメイトにいじめられていた私を、ずっと心配していたから。

「じいちゃん、早く今までのように元気になるといいな」

「……うん」

私もまた、ベッドに横たわったままのおじいちゃんへ視線を向けた。

静かな廊下に、機械音が響いてくる。

「じいちゃんの容態が落ち着いたら、ちゃんと自分の気持ちを伝えに行けよ。……あいつ、勘違いしていると思うぞ」

「……う、ん」

そうだよね。……さっきは感情に任せて言ってしまったけれど、私、肝心なことを彼に伝えていない。

おじいちゃんが目を覚ましたら、もう一度ちゃんと伝えよう。『婚約を破棄したい』って。……その理由もしっかりと。

この日の夜、一弥くんと待っていたけれど、夜が明けて朝になっても、おじいちゃんの意識が戻ることはなかった。


「いない……よね?」

翌日の夕方。

謙信くんと住んでいる家に帰ってきたのに、気分はまるで泥棒。静かに玄関の鍵を開けて中の様子を盗み見ると、家の中は暗くシンとしている。

普通なら今の時間、謙信くんは会社のはず。それでも、もしいたらどうしようって心配だったけれど、杞憂《きゆう》だった。ホッと胸を撫で下ろし、家に上がった。

今日は会社に連絡して休みをもらい、ずっと病院にいたけれど、おじいちゃんは今も眠ったまま。

午後に叔父さんたちが来て、『何かあればすぐに連絡するから、一度家に戻って休んできなさい』と言われ、一弥くんと病院をあとにした。

まずはサッとシャワーを浴びたものの、着替えを用意していないことに気づき、バスタオルを一枚巻いて自分の部屋へと急ぐ。

そして、クローゼットの中から着替えを出して着ている途中、ふと目に入ったのはクローゼットの中にある、おじいちゃんからもらった小さな箱。

着替えを終え、箱の中からおばあちゃんの真珠のイヤリングを取り出した。

それを手にベッドに腰掛けて眺めていると、これをもらった時のことを思い出す。

「おじいちゃん……どんな思いで私にこれを渡してくれたんだろう」

あの時、おじいちゃんは自分の病気のことを知っていたはず。どうして病気のことを、叔父さんたちや謙信くんには話せて、私には話せなかったの？

私……おじいちゃんの目に、そんなに弱い人間に映っていた？　自分の病気のことも相談できないほどに。

「……それもそうか」

乾いた笑い声が漏れてしまう。

だって私、大人になってもおじいちゃんにずっと心配かけてきた。そんな私じゃ、頼りにならないよね。病気のこと、打ち明けられるわけがないよね。だから謙信くんに話したのかな？　謙信くんに、私のことを頼んだの？

「ダメだ、やっぱり聞かないと」

そうだよ、すべて本人に聞かなければわからないこと。

イヤリングを手にしたまま、ベッドに横になった。

早くおじいちゃんの目が覚めるといいな。病気も完治して、また元気になってほしい。だって私、まだおじいちゃんに聞きたいこと、話したいことがたくさんある。

これから先、もう心配かけないくらい強い自分になってその姿を見てほしいし、安心させたい。

できるのなら、おばあちゃんのイヤリングをつけて結婚式を挙げたい。もちろん相手は謙信くんで、そこにおじいちゃんも出席してほしい。

「あれ……やだ、眠くなってきちゃった」

本当はシャワーを浴びて着替えをしたら、すぐに病院へ戻ろうと思っていたんだけど……ダメだ、瞼が重い。

「少しだけ……寝ようかな」

そのあと、すぐに病院へ戻ろう。

ゆっくりと瞼を閉じ、すぐに深い眠りに落ちていった。

眠りから覚めたのは、鳴り続けているスマホの着信音に気づいた時だった。

「んっ……」

「電話？　……あ、あれ？」

帰ってきた時は夕方で部屋の中は薄暗かったはず。なのに今は明るく、太陽の陽射しがカーテンの隙間から差し込んでいる。

いつの間にか朝を迎えていて、焦りを覚える。

「嘘、私どれだけ寝ていたの？」

慌ててベッドから下り、部屋を出る。確かスマホはバッグの中に入れっぱなしだった気がする。

リビングのソファの上に置かれたままのバッグを見つけると、いまだに着信音は鳴ったまま。すぐにスマホを取って相手を確認すると、公衆電話からだった。

もしかして、おじいちゃんの意識が回復したのかもしれない。

急いで電話に出ると、すぐに叔母さんの声が聞こえてきた。

『すみれちゃん？　よかった、電話に出て。心配していたのよ？　ずっと出ないから』

「すみません。寝ちゃっていて……。あの、おじいちゃんは？」

はやる気持ちを抑えながら尋ねると、叔母さんはホッとした様子で教えてくれた。

『お義父《とう》さん、もう大丈夫よ、意識もはっきりしていて、会うこともできるわ』

「……よかった」

安堵し、そのままソファに深く腰を下ろした。

『お義父さんも、すみれちゃんに会いたがっているわ。……もし大丈夫なら、いらっしゃい』

「は、はい！　すぐに行きます‼」

電話を切り、慌てて出かける準備に取りかかる。

よかった、本当によかった！　おじいちゃんと久し振りに会える……！

洗面台の前で髪を整えている途中、今さらながらハッとする。

そういえば、もう朝。……謙信くん、部屋にいる？

時刻は朝の七時過ぎ。いつもだったら、とっくに起きている時間だ。けれど、家の中には私以外の人の気配を感じない。

もしかして謙信くん、昨夜は帰ってこなかった？　それとも私が寝ている間に帰ってきて、もう家を出てしまったの？

恐る恐る彼の書斎と寝室のドアをノックして開けてみるものの、やはり謙信くんの姿はなかった。

それに、寝室にも彼が寝て起きた形跡はない。

……昨夜は帰ってこなかった？　私がいるかもしれないから？

そう思うとズキッと胸が痛むものの、慌てて首を横に振る。

今は胸を痛めている場合じゃない。早くおじいちゃんに会いに病院へ行かないと。

貴重品をバッグに詰め込み、戸締りをして家を出た。道中、今日も会社に休むことを伝えて。


「あった、ここだ」

病院に辿り着き、向かった先はおじいちゃんの病室前。

先ほど私と交代し、叔父さんと一緒に一度帰宅した叔母さんに、あのあとの様子を聞いた。

昨日の夕方、私と一弥くんが帰った一時間後におじいちゃんは目を覚ましたらしい。

それから医師の診察を受け、『もう大丈夫でしょう』と言われたと。

特別に朝から面会の承諾をもらい、叔父さんたちはひと足先に元気なおじいちゃんと話をしたようだ。

おじいちゃんと会うのは久し振りで、ちょっぴり緊張する。

病室の前で大きく深呼吸をしたあと、ドアを数回ノックすると、聞こえてきたのは「はい」と言う懐かしいおじいちゃんの声。

たったひと言聞いただけで安心し、涙がこぼれそうになるのを必死に耐え、ドアを開けた。

「おじいちゃん」

開口一番におじいちゃんを呼ぶと、ベッドに横たわっていた彼は、私を見て顔を綻ばせた。

「久し振りだな、すみれ」

私を呼ぶ声も笑顔も、以前となんら変わりない。私の大好きなおじいちゃんだ。

ベッド脇まで歩み寄り、おじいちゃんの目線と合わせるように膝をつく。間近でおじいちゃんの顔を見て、やっと安心できた。

「おじいちゃん、よかったっ……！」

本当によかった、無事で。またこうして会って話すことができて、本当によかった。

声にならず、ただ嬉しい思いが涙に変わり、溢れだす。

そんな私に、おじいちゃんは弱々しい声で言った。

「何を泣いておる。……お前の幸せな姿を見ずに、死ねるわけがないだろう」

「おじいちゃん……」

私を見つめるおじいちゃんは、困った顔を見せた。

「聞いたぞ？　謙信に、婚約はなかったことにしてほしい、結婚できないと言ったそうじゃな？」

「どうしてそれを……」

そこまで言いかけて、一弥くんの顔が浮かぶ。

一弥くん本人か、一弥くんから聞いた叔父さんたちから伝わったのかも。

「バカなことをしおって。……なぜ自分から幸せを手放したりしたんだ？」

「それはっ……」

「謙信のことが好きなんだろう？」

間髪《かんはつ》いれずに聞いてきたおじいちゃん。

わかってる。おじいちゃんは、私のことを心配してそう言ってくれているんだって。

だからこそ感情に任せて言うんじゃなくて、ちゃんとおじいちゃんに伝わるように話さないと。

一度深呼吸をして冷静になり、おじいちゃんに自分の思いを伝えていった。

「おじいちゃんの言う通り、謙信くんのことが好きだよ。……好きだから、婚約は解消するべきだと思ったの」

私の話を聞き、顔をしかめるおじいちゃん。

「最初は私、『どんなかたちでも謙信くんのそばにいられればいい』『いずれ私のことを好きになってくれればいい』と思っていたの。でもね、おじいちゃんと離れて暮らしている間に、私、友達ができたの」

「……それは本当か？」

驚くおじいちゃんに、すぐに頷いた。

「本当だよ。会社の先輩に仲良くしてもらっているの。それに、会社のほかの人とも少しずつ話せるようになってきた。自分の気持ちだって、他人に伝えられるようになったんだよ。……臆病で逃げてばかりだった自分が、勇気を出せて変われたのは謙信くんのおかげなの」

今の自分になれたのは、全部謙信くんのおかげ。

「だから私、謙信くんに今の自分を好きになってもらいたい。……謙信くんに守ってもらわなくていい。そんな理由で、私と結婚なんてしてほしくないから。謙信くんが好きだから、誰かを好きになる幸せを知ってほしいの。知ったうえで、私を選んでほしい。……謙信くんを守るなんて大そうなことは言えないけれど、私だって謙信くんを幸せにしたいし、彼に頼られる対等な存在でいたいから」

こうやっておじいちゃんに話している間にも、謙信くんへの想いが溢れて止まらない。でも――。

「だからこそ、ショックだったの。……謙信くんにおじいちゃんのこと、話してもらえなかったことが。謙信くんはずっと知っていたんでしょ？　おじいちゃんの病気のことを」

「すみれ、それは――」

私を見つめていたおじいちゃんの瞳は、気まずそうに大きく揺れた。

「わかってるよ⁉　おじいちゃんも謙信くんも、私だから話さないほうがいいって思ったんだって。……ふたりの優しさだったんだって」

おじいちゃんの声を遮り、声を荒らげてしまう。やっぱり私だけ知らされていなかったのは、つらかったから。

「でも私、少しは強くなれたと思う。……だからこそ、謙信くんには話してほしかったの。せめて、おじいちゃんが手術することだけでも。私……ずっと知らずにいたら、今よりもっと惨めで苦しかったと思う」

たまらず、拳をギュッと握りしめた。

私だけ知らずに、謙信くんとの幸せな毎日に浮かれて、あとでおじいちゃんのことを知ったら……って思うと胸が苦しくなる。ふたりの気持ちはわかるけれど、それでも言ってほしかった。

ずっと私の話を聞いてくれていたおじいちゃん。少しの沈黙のあと、ゆっくりと語りだした。

「すまなかったな、すみれ。……お前に病気のことを話さずにいて」

首を横に振ると、おじいちゃんは天井を眺めてからそっと瞼を閉じた。

「両親を失ったお前に、とてもじゃないが言えなかった。……せめて、お前に家族を遺《のこ》してやるまでは」

おじいちゃんの目からは、一滴の涙がこぼれ落ち伝っていく。

「謙信たちには、わしから口止めしておったんじゃ。今回の手術は、生死に関わるほどのものではない。だから、すみれに話して余計な心配をさせる必要はないと思ったんじゃ。……だが、それは間違いだったな。わしのせいで、すみれも謙信も苦しめてしまった。すまん」

「そんなっ……！」

そんなことない。おじいちゃんの口から話を聞いて、そんな風に思うわけないじゃない。

「この歳になると、ダメじゃな。医者に生死に関わるものではないと聞いても、怖くなったんじゃ。……いずれわしは、すみれを遺して逝くことになる。それが早まるかもしれないと不安になり、謙信に話したんだ。病気のこと、そしてこの先わしの代わりにすみれを守ってほしいと。だから謙信を責めないでやってくれ。あいつはじいちゃんとの約束を守ってくれておったのだから」

おじいちゃんの思いに触れ、言葉にならない代わりに、おじいちゃんの手を握りしめた。

すると、おじいちゃんは赤い目を私に向けた。

「ダメなじいちゃんだな。ずっと成長を見守ってきたというのに、お前の強さを見抜けずにいたのだから」

「……それは私もだよ。……誰よりも長い時間、おじいちゃんと一緒にいたのに、病気のことに気づけなくてごめんなさい」

震える声を絞り出すと、おじいちゃんは首を横に振った。

「すみれ……これだけは覚えておいてほしい。どんなに頑張ってもじいちゃんはいずれ、お前を遺して先に逝くことを。その時はいつ来てもおかしくないことを」

「……うん」

今回のことで身をもって理解した。その覚悟を持てずにいたから、おじいちゃんは病気のことを話してくれなかったんだ。

もう現実から目を背けたりしない。おじいちゃんがいなくなる未来が、いずれ来ることをちゃんと受け止めるから。

「それと、あとひとつ。……どうかじいちゃんが生きている間に、幸せになってくれ。今のすみれと謙信なら、幸せになれる」

「おじいちゃん……」

涙をこぼしながら笑うおじいちゃんに、胸に熱い思いが込み上げる。

「ありがとう、おじいちゃん。……私、頑張るから。早くおじいちゃんに幸せな姿を見せられるように」

決意を新たに、おじいちゃんの手をギュッと握りしめる。

するとなぜかおじいちゃんは、私の思いを否定するように首を横に振った。

「何を言っておる。じいちゃんはいつ死ぬかもわからないんだぞ？　……今すぐ幸せな姿を見せてもらわないと」

「――え」

おじいちゃんってば、何を言って……？

私から視線を逸らし、なぜかドアのほうを見つめるおじいちゃん。

「じいちゃんは、少し疲れたから休ませてもらうよ。……その間にふたりでよく話してきなさい」

ふたりで……？　その言葉に飛び跳ねる心臓。

おじいちゃんの手を離し、ゆっくりと立ち上がった。そして振り返った先には、コンビニ袋を手にした謙信くんの姿。

「謙信、くん……？」

呆然とする私に、謙信くんは気まずそうに目を泳がせる。

嘘、いつからいたの？

混乱する私に、おじいちゃんは言った。

「昨夜から、ずっと付き添ってくれておったんじゃ。……謙信からすべて聞いた。すみれに婚約を解消したいと言われたことも、謙信のすみれに対する想いも。どうせ謙信、お前、さっきのわしとすみれの話を聞いておったんじゃろう？　だったら、すみれの気持ちはわかったはずじゃ。……男らしくちゃんとしてこい」

おじいちゃんに言われ、謙信くんは困ったように自分の首の後ろに触れたあと、決意したように、まっすぐ私を見据えた。

「すみれ。……ふたりで話をさせてもらえないか？　俺、すみれに伝えたいことがたくさんあるんだ」

「謙信くん……」

それは私もだ。私も謙信くんに伝えたいこと、聞きたいことがある。

「すみれ、行ってきなさい。……わしが起きたら、ふたりで報告に来い」

「……うん」

おじいちゃんに背中を押され、謙信くんとふたり病室をあとにした。

ちゃんと自分の想いを伝えよう、と心に誓って。

好きって気持ち

あれから謙信くんとふたり、やってきたのは病院の屋上。

今日はあいにくの曇り空で風も強く肌寒いからか、誰もいなかった。

設置されていたベンチに並んで座ると、彼は手にしていたコンビニの袋の中から、缶コーヒーを渡してくれた。

「はい」

「……ありがとう」

受け取ると、謙信くんは決まり悪そうに私の様子を窺ってきた。

「昨夜は家に帰ったのか？」

「あ、うん。すぐに病院に戻ってくるつもりだったんだけど、つい寝ちゃって。……ありがとう、おじいちゃんに付き添ってくれて」

昨日は仕事に行ったんだよね？　その証拠に、彼はスーツ姿のまま。ずっと付き添ってくれていたんだ。

「いや、俺が勝手にしたことだから。……よかったな、じいさんの目が覚めて」

「……うん」

たった一日会わなかっただけなのに、ぎこちなくなる。

謙信くんに話したいことがたくさんあるのに、うまく話せなくてモヤモヤする。

お互い缶コーヒーを握りしめたまま、忙しなく目を泳がせてしまう中、謙信くんは小さく息を吐くとポツリと漏らした。

「ごめん、すみれ。……じいさんのこと、黙っていて」

私のほうを向き、深く頭を下げた謙信くんに慌てて声をあげた。

「そんなっ……！　教えてくれなかったのは、おじいちゃんに口止めされてたからでしょ？　それも、謙信くんの優しさだよね。なのにごめんなさい。私……自分のことばかりだった」

感情的になり、一方的に言ってしまってごめんなさい。

私も頭を下げて謝ると、「そんなことない」と力強く言う彼。顔を上げると、謙信くんは切なげに瞳を大きく揺らした。

「俺……実はさ、その、父さんと母さんの本当の子供じゃないんだ」

おばさまから聞いていた話だけれど、まさか今話してくれるとは思わず、呆然としてしまう。

すると謙信くんは、私の視線から逃れるように目を伏せた。

「俺の本当の両親は、どうしようもない人でさ。父親はギャンブル漬けで、母親はそんな父親に愛想を尽かして、俺を置いて家から出ていった。……近所の人からの通報で、育児放棄されていたところを保護されたんだ」

おばさまたちに引き取られるまでに、そんな過去があったなんて……。

初めて聞く彼の生い立ちに、驚きを隠せない。

「今でも鮮明に覚えているんだ。汚いアパートの部屋でひとり、空腹に耐えていた毎日を。施設で当たり前のように三食食べられることが、なんて幸せなんだろうって感動したことも」

口を挟むことなく、謙信くんの話に耳を傾けた。

「そんな時、父さんたちと出会った。最初は戸惑ったよ、俺は親の愛情ってものを知らなかったから。優しく接してくれるふたりに、どう向き合えばいいのかわからなかった」

以前、おばさまから聞いた話が脳裏に浮かぶ。謙信くんはあまり笑わない子だったって言っていたよね。それは、戸惑っていただけだったんだ。

「ふたりが自分の両親になるって聞かされて、嫌じゃなかった。……だけど、いざ一緒に暮らしてみても、やっぱりどう接したらいいのかわからなくてさ。そんな時だった。すみれと出会ったのは」

そう言い、私を見る謙信くんは眉尻を下げた。

「最初はただ単に、自分と同じで両親がいないお前に興味を抱いただけだった。いや、俺は優越感に浸りたかったのかもしれない。本当の両親がいなくて、じいさんに引き取られたお前より、血は繋がっていないけど、父さんと母さんがふたりいる俺のほうが幸せなんだって。……最低だよな」

そう呟くと、謙信くんは視線を落とし、両手を固く握った。

「でも、すぐにそんな自分に嫌気が差したよ。……すみれは俺に懐いてくれてさ、無邪気な笑顔で俺のあとをついてくるようになって。親がいるとかいないとか、そういった小さなものさしで幸せを測ろうとしていた自分にうんざりした」

胸が苦しいほど締めつけられた。謙信くんの気持ち、わかるから。

幼稚園、小学校と進むにつれて、両親がいない私はかわいそうに見られている、って嫌になるほど実感してきた。

皆と同じようにお父さんとお母さんがいなくても、私にはおじいちゃんがいる。テレビに出ちゃうような、すごいおじいちゃんがいるんだからって、見栄を張っていた時期もあったから。

「すみれと仲良くなるにつれてさ、想像するようになったんだ。……俺に妹がいたら、こんな感じだったのかもしれないって。いつからか、すみれのことを妹のように思い始めていた。……可愛くて仕方なかったよ。お前のこと、何があっても俺が守りたいって思ってた」

「謙信くん……」

ポツリと漏れた声に彼はゆっくりと顔を上げ、今にも泣きだしてしまいそうなほど苦しそうな表情を見せた。

「それは大人になっても変わらなかった。俺にとってすみれは、大切な存在だったんだ。……だから、じいさんに病気のことを聞かされた時、『俺が守らないと』って思った。お前に悲しい思いをさせたくない、俺がそばで支えて守ってやりたいと」

初めて知る彼の思いに、目頭が熱くなる。

「決してお前がかわいそうだからとか、同情だとか、そんな気持ちで結婚を決めたわけじゃない。それだけはわかってほしい」

「……っう、ん」

涙を必死にこらえるあまり、声が掠れてしまう。

もう思わないよ。謙信くんが私と結婚を決めたのは、同情からだなんて。……でも、だからこそ私も伝えないと。

「あのね、謙信くん……」

「ん?」

彼は『ゆっくりでいいよ』と言うように、私の手をそっと握った。

「……結婚を白紙に戻してほしい」

「……うん」

彼は口を挟むことなく、優しい眼差しを私に向ける。

そんな彼に伝えたい。私の想いすべてを。

ゆっくりと言葉を選びながら、自分の気持ちをぶつけていった。

「私、結婚してから謙信くんに好きになってもらえばいい、そう思っていたの。でも、それじゃダメだと思う。お互いが好きでないと意味がないと思うから。好きで、一緒にいられるだけで幸せになれて、支え合える同等の立場でないと、結婚する意味がないと思うの。私は謙信くんと、そんな関係になってから結婚したい」

今よりもっと強くなって、謙信くんにとって甘えられる存在になりたいから。

「だからもう一度、片想いから始めさせてほしいの。謙信くんに好きになってもらえるような、そんな人間になりたいから。……だから幼馴染みの関係からやり直したい」

ずっと臆病で謙信くんのことが好きだったのに、気持ちを打ち明けることができなかった。そこからまた始めたい。幼馴染みとしての私を、少しずつでいい、異性として見てほしい。……そして、好きになってほしいの。

彼の瞳を捕らえたまま伝えると、謙信くんは私の手を握る力を強めた。

「すみれの気持ちはわかったよ。……次は、俺の気持ちを伝えてもいい？」

「——え」

謙信くんの気持ち？　それはさっき話してくれたよね？

私の言いたいことを感じ取ったのか、謙信くんは渋い顔をした。

「さっきも言ったけど、最初はすみれのことを妹としか見ていなかった。守りたい、幸せにしたいって思ったのも妹としてだった。……でも一緒に暮らし始めてからさ、幼い頃からずっとそばにいたはずなのに、初めて知ることばかりで戸惑った。今まで感じたことのない気持ちに、何度も悩まされたんだ」

「……感じたことのない気持ち？」

思わず聞き返すと謙信くんは頷き、照れ臭そうにハニかんだ。

「衝動的にキスしたいと思ったのも、可愛くて抱きしめたくなったのも、初めてだった。……『好き』って言われて胸が苦しくなったのも、一緒にいると心が温かくなるのも、弱音を吐けたのも、すべて」

愛しそうに私を見つめる彼に、夢ではないかと思ってしまう。

「……う、そ」

信じられない話に、瞬きさえできなくなる。

そんな私に言い聞かせるように、謙信くんは続けた。

「本当だよ。一弥くんと手を繋いでいるところを見て、嫉妬したのも初めて。……知らなかったよ、自分があんな醜い感情を抱くなんて」

そう言うと謙信くんは、まっすぐ私の瞳を捕らえた。

その瞳に、吸い込まれてしまいそうになる。

「なぁ、すみれ……。人を好きになるって、俺が感じたこんな感情のことを言うんだろう？　幸せで楽しくて、時には負の感情も抱く。胸が苦しくなったり悲しくなったり、イラ立つこともある。……それが好きって感情だと俺は思うんだけど、違うか？」

違わない。……違わないよ。だって今の私は、嬉しくて仕方ないのに胸が苦しくて、涙が溢れて止まらないのだから。

「そう、だよ。……それが好きって感情。嬉しいのに胸が苦しくて、幸せで泣けてきちゃうの」

見つめ返して伝えると、謙信くんはこぼれ落ちた涙を優しく拭ってくれた。

「愛しくてたまらなくて、相手の全部を自分のものにしたくなる。……それも好きって感情だろ？」

「……うん」

絡み合う視線に、トクンと胸が鳴る。

「どんどん欲張りになるの。……もっと私のことを好きになってほしいって」

「できるなら、俺以外の男には指一本触れてほしくない。そんなワガママな独占欲も、抱いてしまうんだ」

「好きだから、私にだけは甘えてほしいと思うの。……私にだけ弱い一面も見せてほしい。どんな謙信くんだって、私は好きだから」

『好き』って伝えた途端、謙信くんの身体は少しだけ強張り、ゆっくりと涙を拭ってくれていた手が離れていく。

そして向けられたのは、私の胸を打ち抜くような力強い眼差しだった。

「好きって気持ちを教えてくれたすみれのことを、生涯かけて幸せにしたい。これから先もずっと守ってやりたいと思うし、そばで支えてほしい。……すみれ、幼馴染みじゃなくて恋人から始めてくれないか？　もっと俺のことを知ってほしいし、お前のこともたくさん知りたいんだ」

せっかく謙信くんに拭ってもらったのに、また涙がこぼれ落ちた。

「は、い。……はい！」

それでもどうにか返事をする。

謙信くんは嬉しそうに顔を綻ばせると、優しく私を包み込んだ。

彼の温もりに愛しさが込み上げ、腕を伸ばす。

幼い頃から、何度もこの温もりに包まれてきた。昔は安心できて、落ち着ける場所だったのにな。

今は違う。……こうして謙信くんに抱きしめられるだけで、胸がギュッと締めつけられて苦しくなる。なのに、もっと強く抱きしめてほしいと自ら求めてしまうんだ。

「私ももっと、謙信くんのことを知りたい。……私のことも知ってほしい」

「あぁ」

謙信くんの温もりをもっとたくさん感じたくて、大きな背中を必死につかんだ。

「謙信くんが好き、大好き。……私、ずっと謙信くんの彼女になりたかったたっ」

謙信くんが恋人と一緒にいるところを初めて見た時から、そう思っていた。謙信くんの彼女になりたい、隣に立って歩きたいって。

「ほかには？　もっとすみれの本音を聞かせて」

抱きしめられたまま囁かれた甘い響きに、想いを吐露した。

「手を繋ぎたい。たくさんデートしたい。……恋人同士がすることを全部したい」

「わかったよ。全部しよう。……ふたりで」

何度も背中や髪を撫でられ、素直な気持ちが溢れだす。

「ほかにもある？　すみれが俺としたいこと」

「ん？」と言いながら、謙信くんは顔を覗き込んできた。

「教えてよ、すみれ」

鼻と鼻を触れさせ、甘い言葉を繰り返す。

そんな彼にたまらず言った。

「……キス、したい。恋人がするような甘いキスを」

勇気を出して言ったものの、目を丸くする彼に、身体中がかぁっと熱くなる。

でも謙信くんは、すぐに喜びを噛みしめるように頬を緩ませた。

「いいよ、しよう。……恋人がするような甘いキスをたくさん」

「……え？」

すると、彼は私の頬を包み込み、唇が触れそうな距離で囁いた。

「キス、するよ？　……いい？」

改めて聞かれて、恥ずかしくなる。……でも、それより彼とキスしたい気持ちのほうが強くて頷いた。

「すみれ……」

愛しそうに名前を呼ばれて瞼を閉じると、彼の震えた唇が重なった。

初めてのキスに胸が痛くて、呼吸がうまくできなくなる。

けれどすぐに離れた唇に目を開けると、謙信くんは恥ずかしいのか、決まりが悪そうにしていた。

「悪い。……なんか緊張するな」

「緊張って……謙信くんも？」

だって、謙信くんは今までたくさんの人と付き合ってきて、経験豊富なはず。それなのに、私と同じように緊張するの？

信じられなくてまじまじと眺めていると、彼はバツが悪そうに言った。

「言っておくけど、俺だって緊張するから。……好きな子と初めてキスするのに、緊張しないわけがないだろ？」

何、それ。

胸がキュンと鳴り、ますます苦しくなる。

そんな私に、彼はぶっきらぼうに言った。

「全部が初めてなんだ。俺もすみれと同じだよ。……でも、恋人同士がするようなキスをもっとしてもいい？　いや、したい」

「謙信くっ——」

途中で口が塞がれ、彼の名前を呑み込んだ。さっきとは違い、すぐに唇は離れたけれど、またすぐに塞がれる。

私も謙信くんともっとキスがしたい。恋人がするような、とろけるキスを。

何度も何度もキスを落とされ、合間に名前を呼ばれて甘くしびれていく。

「すみれ……」

次第にキスは深くなり、私はもっと……とねだるように彼の背中にしがみついた。

この幸せが永遠に続きますように……と願って。

本日より、花嫁修業始めました

おじいちゃんの手術が終わり、退院の目処《めど》も立つほど回復してきた頃。

一弥くんが留学先に戻ることになった。

「わざわざありがとうな、見送りに来てもらって。……嬉しいよ」

「ううん、そんな」

人で溢れる空港ロビー。

そこで一弥くんは私を見てニッコリ微笑んだあと、心底嫌そうな顔をした。

「あんたがいなかったら、もっと嬉しかったんだけど」

一弥くんは声に棘を生やして言うと、私の隣にピタリと寄り添う謙信くんをジロリと睨んだ。

「そういうわけにはいかないだろ？　従兄弟とはいえ、すみれとほかの男をふたりっきりにはさせたくないからな」

負けじと笑顔で言う謙信くんに、ひとりハラハラしてしまう。

「それにしても驚いたよ。婚約解消したと思ったら、今は恋人関係とは」

「あぁ、すみれとはじっくり時間をかけて、お互いのことを知っていきたいと思ったから。……変な虫が入り込める隙もないほど、親密な関係になるためにもね」

「それはいい。でも重くなりすぎて、すみれにフラれないよう気をつけたほうがいい。独占欲の強い男は嫌われるぜ？」

「余計な心配ありがとう。大丈夫、俺の愛が重いのはすみれも知っているから」

ふたりとも笑顔なのに、火花が散っているように見えるのは私だけだろうか。このまま間に入らなかったら、延々と続きそうだ。

「いっ、一弥くん！　飛行機の時間、大丈夫⁉」

慌てて割って入ると、一弥くんはハッとして腕時計で時間を確認した。

「やべ、そろそろ行かないと」

呟くと、一弥くんは私と謙信くんを交互に見た。

「元気でな。ふたりの結婚式の招待状が届く日を楽しみにしている。……俺も桐ケ谷流を継ぐ身として、向こうで頑張ってくるわ。……いつか、あんたの会社にも花を生けてやるよ」

一弥くんは最後に強気な目で言うと、謙信くんも答えた。「その日までに俺も会社を継いで、楽しみに待っているよ」と。

「行っちゃったね……」

「あぁ」

一弥くんが乗る飛行機が飛び立っていくのを、謙信くんと外で見送り、空を見上げたままポツリと声が漏れる。

「すごいな、高校生の時から将来のために留学とか」

「……うん」

叔父さんが桐ケ谷流を継ぐとわかった日から、一弥くんはずっと跡継ぎとして頑張ってきた。それは今も変わらないんだ。

「俺も頑張らないと。……父さんから受け継ぐ会社を、もっと大きくできるように」

飛行機が見えなくなると、彼はそっと私の手を握って聞いてきた。

「その時は、すみれがそばで支えてくれる？」と——。

もちろん私は笑顔で答えた。「うん、必ず」って。

婚約を解消し、恋人同士になった私たちは同棲も解消した。

おじいちゃんは手術から三ヵ月後に無事退院し、あの家で再びふたりでの生活を始めた。

訪問看護などを利用して助けてもらいながら、おじいちゃんは自宅での生活にも慣れてきて、今では以前のような生活を送ることができている。叔父さんに任せていた華道教室にも少しずつ顔を見せ、指導にも当たっているくらいだ。

そして恋人同士になった私たちに、おじいちゃんは『それがいい』とひと言だけ言い、今も私の幸せを誰よりも願ってくれている。

沙穂さんにも報告をすると、『素敵！』と興奮され、全力で応援してもらっている。

そんな沙穂さんは、彼氏さんにプロポーズをされて近々結婚式を挙げる。もちろん招待してもらっているから、参列するつもりだ。

結婚後も仕事は続けるつもりらしく、私はホッとした。仕事を辞めたって会おうと思えば会えるかもしれないけれど、やっぱり会社に沙穂さんがいないのは寂しいから。

部長とは今も変わらず料理仲間として、お互い情報交換をしている。

『老後は料理教室を開くのが夢だ』と話す部長。

その際は、ぜひ通いたいと思っている。

そして私は昔のトラウマから解放され、少しずつだけれど会社の人と普通に話せるようになった。

沙穂さんほどではないけれど、友達と呼べる相手も数名できたほど。

今では同期とも交流を持ち、数ヵ月に一度開催されている同期会にも顔を出している。話をしているうちに、同期の中で落語や詩吟を嗜《たしな》む子もいて、すっかり意気投合し、今度一緒に寄席《よせ》に行こうと計画しているところだ。

本当……勇気を出せば意外な発見があって世界は広がり、私は今までどれだけ無駄な時間を過ごしていたんだろうと後悔するばかり。だからこそ、これからの未来は後悔しないよう過ごしていきたい。

仕事を任されることも増えてきて、楽しくてやりがいを感じられるようになった。今後はもっとスキルアップしたいと思うほどに。

謙信くんとは恋人として、順調に交際を続けていた。仕事帰りに時間が合えば夕食をともにし、休日前は彼のマンションにお泊り。

休日はデートを重ね、たくさん話して笑い合って、時にはケンカもして。同じ時間を過ごして一年。

二度目の婚約後、私は彼の住むマンションに引っ越してきた。……引っ越してきたんだけど……。

「なぁ、花嫁修業がどういうことか……お前、ちゃんとわかってる？」

壁際に追いやられ、ジリジリと距離を縮められていく。

どうしてこんな状況に陥ってしまっているのか。誰か教えていただけませんか？　花嫁修業も兼ねて、彼の家に引っ越してきたばかり。まだ荷物はひとつも片づいていない。

「えっと、謙信くん……？　まずは荷物を片づけたいんだけど」

やんわり彼の胸元を押し返したけれど、すぐにその腕をつかまれた。

「無理。……まずはたっぷりと、すみれの温もりを感じさせてほしいんだけど」

「えっ⁉」

驚く私に、謙信くんはさらに耳を疑うようなことを言いだした。

「言っておくけど俺、結婚したら毎日したいから。そのためにも今から慣れてもらわないと」

「な、何言って……っ！」

顔が真っ赤であろう私に、謙信くんは意地悪な顔で囁いた。

「俺の愛を受け止めるのも、立派な花嫁修業だよ」と――。

私の花嫁修業は、始まったばかり。とびっきり甘くて幸せな修業が。

特別書き下ろし番外編

プロポーズ大作戦［謙信SIDE］

いきなり婚約して、同棲生活から始まった俺とすみれの関係。その後いろいろあって婚約を解消したけれど、晴れて恋人同士になってそろそろ一年になろうとしていた。

俺たちは少しずつ、幼馴染みから恋人らしい関係になっていった。忙しい合間を縫《ぬ》って会い、ふたりの時間を作り、幼馴染みの関係では知ることができなかった違う一面をお互いに見せ合ってきた。

彼女はこの一年で大きく変わったと思う。俺やじいさん以外とは、まともに話すことができなかったのに友人ができ、同期で気の合う仲間を見つけ、社内でもよく笑っている姿を目にするようになったから。

それと同時に、男性社員がすみれの魅力に気づき、『最近、綺麗になったよな』とか、『桐ケ谷さんが彼女になってくれたら嬉しい』とか、『今度、飲み会に誘ってみよう』なんてすみれの話をしているのを耳にするようになり、俺は気が気ではない。

でも噂話を聞くたびにハラハラしながらも、嬉しく思う。

彼女が変わった証拠だから。すみれはもともと、魅力的な子だったんだ。

すみれのことを知れば知るほど、俺にとって彼女はますますなくてはならない存在になっている。

ふたりで楽しい時間を過ごし、笑い合ってきた。その反面、意見が衝突して些細なことでケンカすることもあった。それはきっと、すみれと俺の関係が深くなっているからだと思う。

傍から見たら、付き合い始めてまだ一年と思うかもしれない。でも俺にしてみたら、もう一年なんだ。

幼い頃から時間をともにしてきたんだ。すみれのことを充分知ることができたし、彼女の一番の理解者は自分だと自負している。

この先も俺の気持ちが変わることはないし、彼女のことをもっともっと好きになっていくと思う。だから来週、付き合って一年になる記念日にプロポーズしようと決めたんだ。


この日はちょうど土曜日で、仕事は休み。すみれには十三時に迎えに行くと伝えていたものの、俺が彼女の実家に着いた時刻は十一時前。

じいさんに話を通し、すみれにはこの時間に庭の手入れを頼むようお願いしてある。

すみれに気づかれないよう少し離れた場所に車を停車させ、ある物を手にして向かうと、じいさんが外で俺の到着を待ってくれていた。

「じいさん……」

俺を見ると、じいさんは硬い表情を見せた。

「すみれのこと、何があっても幸せにしてくれよ。……でないと、わしは死んでも死に切れんからな」

「わかってるよ。……世界一幸せにするって約束する」

じいさんが今まですみれをどれほど大切にしてきたか、痛いほど知っているから。

俺の答えを聞くと、じいさんは安心した様子で「早く庭先へ行ってこい」と言い、背を向けた。

今日俺はすみれにプロポーズする。だからこそ、じいさんに伝えたいことがある。

「じいさんさ、死んでも死に切れないって言うけど、そう簡単に死んでもらっちゃこっちが困るから。……俺とすみれの子供が生まれたら、一番に抱いてやってよ」

背を向けたまま、ピタリと足を止めたじいさん。

「もちろん、すみれとは少なくとも三人は子供が欲しいって話をしているから。……ひとりだけじゃなく生まれてくる子供、全員をしっかり抱いてくれよな」

声をかけると、じいさんは小刻みに肩を震わせた。

「わかっておるわい。そんなことを言われたら、意地でも生きなければならんじゃろう。ふん！」

そう言いながら家の中に入っていくじいさんの後ろ姿に、つい笑ってしまった。照れて感動しているのがバレバレだ。

じいさんに伝えたことに嘘はない。俺もじいさんには長生きしてほしいと願っているから。

「さて、と。じいさんとの約束をしっかり守らないと」

大きく深呼吸をし、庭先へと向かっていく。

すると、そこには盆栽の手入れをしているすみれの姿があった。

「……え、あれ？　嘘、どうして謙信くんが⁉」

約束は十三時だったからか、部屋着で化粧もしていない彼女は立ち上がり、自分の顔を髪で隠したりと大慌て。その姿が可愛くて今すぐに抱きしめたくなる。

「あっ、もしかして急な仕事が入ったの？」

休日なのにスーツを着ている俺を見て、聞いてきたすみれ。

「いや、違うよ。……すみれに初めて出会った場所で、プロポーズしに来たんだ」

「――え」

びっくりして目を大きく見開く彼女のもとに、一歩、また一歩と近づいていく。

散々悩んで考えたプロポーズ。それは彼女と初めて出会った場所ですると決めた。俺たちの原点はここだったから。

立ち尽くす彼女の前で立ち止まり、手にしていたすみれの花束を差し出した。

「すみれの花言葉って知ってる?」

「花言葉?」

「あぁ」

知らなかったようで、首を横に振る彼女。

俺も調べて初めて知った。だからこそ彼女の両親は〝すみれ〟って名前をつけたのかもしれないと思うと、胸が熱くなった。

「すみれの花言葉は〝謙虚〟〝誠実〟〝小さな幸せ〟。色によっても意味が違うんだ」

「そうなんだ……」

呟くと、すみれは俺から花束を受け取り、まじまじと眺めた。

「すみれの両親はすみれに花言葉通りに育ってほしくて、この名前をつけたんじゃないかな。……謙虚な気持ちを忘れずに、誠実な人間になれるように。小さな幸せをたくさん得られる人生を送れるようにと」

「謙信くん……」

意味を知って、そう思わずにはいられなかった。

次第に潤みだす彼女の瞳。

ポケットから、新たに買い直した婚約指輪を取り出した。

「俺、小さな幸せをたくさん感じられる毎日をすみれと過ごしていきたい。時にはケンカもするだろう。でも、最後には仲直りして笑顔で生きていきたい」

ひと呼吸置き、まっすぐ彼女の瞳を見つめた。

「すみれ、結婚しよう」

どんな言葉でプロポーズすればいいか、迷った挙句に出た答えは実にシンプルなひと言。でも、彼女にならきっと、俺の想いがすべて伝わるはず。

「隣にすみれがいない人生なんて考えられないんだ。これからも俺はお前のことを全力で守っていく。……でも、時にはすみれにも俺のことを支えてほしい。そうやって一緒に生きてほしい」

放心状態の彼女の左手を取り、箱から取り出した指輪をそっとはめた。

途端に、すみれの瞳からは涙がこぼれ落ちた。

「はい、はい……っ！」

次の瞬間、俺の胸に飛び込んできたすみれ。

そんな彼女の身体を、花束が潰れないよう優しく包み込んだ。

「私も、謙信くんが隣にいない人生なんて考えられないの。……こんな私だけど、これからもずっと一緒にいてね？」

顔だけ上げて上目遣いでお願いしてきたすみれが、たまらなく愛しい。

「当たり前だろ？　離してほしいって言われても、絶対離してやらない」

「……うん、離さないで」

離すわけがない。……いや、もう絶対に離れられない。すみれのいない人生なんてあり得ないから。

俺もすみれもこれまでの人生、つらいことや悲しいことも多かった。だからこそ、これからは幸せだと胸を張って言えるような毎日を過ごしていきたい。長い人生を終える瞬間も、そう思えるように生きていきたい。

彼女と家族、そして近い将来、新しく生まれてくる命とともに。

母親修業、始めました

謙信くんにプロポーズされてから半年後。

私たちの挙式・披露宴《ひろうえん》は盛大に執り行われた。おじいちゃんから譲り受けた、真珠のイヤリングをつけて。

たくさんの人に祝福されて笑って、時には泣いて、一生忘れられない一日になった。写真を見返せば、鮮明に思い出せるほど――。


そして時は流れ、さらに半年が過ぎ……。

緊張とドキドキ、そして報告したあとの反応を想像するとわくわくしちゃいながら、私と謙信くんは食事会に向かった。

結婚後、両家の親睦を深めるべくお互いの実家や飲食店などで、定期的に食事会を開催している。

今回は、都内の中華レストランの個室を予約済み。

すでにお義父さんにお義母さん、そしておじいちゃんは到着しており、私たちを出迎えてくれた。

料理を注文し、ひとしきり団らんしたあと、謙信くんと顔を見合わせて頷き合う。

「あのさ、報告があるんだ」

謙信くんがそう切り出すと、三人の注目を集める。

ずっと待ち望んでいた新しい命。家族が増えるんだって思うと、口元が緩む。

謙信くんにアイコンタクトで『私が言う』と伝え、ひとりひとりの顔を見たあと、口にした言葉――。

「妊娠、しました」

心臓をバクバクさせながら伝えると、三人は目を大きく見開いた。

でも、その後の反応は様々。お義母さんは、廊下にまで聞こえてしまいそうなほど大きな声で喜びを爆発させ、お義父さんは頷きながら喜びを噛みしめている。

そして、おじいちゃんはというと……。

「ほ、本当か？　すみれ。……本当に赤子が……？」

信じられないのか、確かめてきたおじいちゃん。

そんなおじいちゃんに、笑顔で伝えた。

「本当だよ。……ひいおじいちゃんになっちゃうね」

「念願のひ孫、楽しみにしていてくれよ」

ふたりで言うと、おじいちゃんは放心状態。でもじわじわと実感してきたのか、ポロポロと大粒の涙を流した。

「え、おじいちゃん？」

おじいちゃんが泣きだしたのは予想外で、戸惑う。

「やだ先生ってば。……でもわかります、泣くほど嬉しいですよね」

お義母さんの言葉に涙を拭いながら頷くおじいちゃんに、私まで泣きそうになる。

正直、謙信くんと結婚するまでは、自分が母親になるなんて想像さえできなかった。

でも大好きな人にプロポーズされ、盛大な結婚式後に始まった甘い新婚生活の中で、次第に想像するようになった。ふたりだけの生活も楽しくて幸せだけれど、謙信くんとの赤ちゃんが生まれたら、どんな毎日なんだろうって。

その思いが強くなり、自分のお腹の中に新しい命が宿り……。不安もあったけれど、お腹の中で育つ赤ちゃんに早く会いたい気持ちが強くなっていった。

おじいちゃんの涙を見て、さらに――。

妊娠中、謙信くんをはじめ、おじいちゃんたちのサポートを得て、赤ちゃんは順調に成長していった。

そして無事に生まれてきてくれたのは、元気な男の子だった。

可愛い我が子と初めて対面した時は、感動して泣いてしまったほど。何より謙信くんやおじいちゃん、たくさんの人の喜ぶ顔を見たら、不安な気持ちなんて吹き飛んだ。

大雅《たいが》と名付け、大好きな人との間に生まれたこの子を、大切に育てて幸せにすると強く誓った。

今は、ひと足先に母親になった沙穂さんとともに、育児休暇中だ。

彼女とは連絡を取り合い、今ではよき理解者でママ友でもある。お互い育児休暇終了後は、仕事に復帰する予定だ。

沙穂さんには未菜《みな》ちゃんという、大雅より三ヶ月早く生まれた娘がいて、とにかく可愛い。

将来、子供同士が仲良くなってくれることを、沙穂さんと密かに期待している。

初めての子育ては大変なこともあるけれど、そればかりじゃない。楽しいことや嬉しいこともあるし、お義父さんやお義母さん、おじいちゃんにも協力してもらえていて、ストレスなく子育て生活を送ることができている。

大雅が三ヵ月を迎えて間もない今日も、『たまには息抜きしてきなさい』とおじいちゃんが大雅を預かってくれることになり、久し振りに謙信くんとランチに出かけることになった。

実家のおじいちゃんに大雅をお願いし、謙信くんが運転する車でやってきたのは、実家から一番近くにあるファミレス。休日の昼時ということもあって、店内は家族連れが多く騒がしい。

「悪い、久し振りの外食なのにファミレスで。……大雅に何かあった時、すぐに戻れるように家から一番近いところがいいと思って」

向かい合って座り、申し訳なさそうに謝ってきた謙信くんに、慌てて手を左右に振った。

「そんなことないよ！　私も大雅のことが心配だったから。……それに、こうして謙信くんとふたりで食事できるんだもの、どこだって幸せだよ」

「すみれ……」

出産してからは、大雅中心の生活に一変した。もちろんそれは幸せな毎日だけれど、時折謙信くんとふたりっきりで過ごしたいな……って思うこともあった。

だから、こうして久し振りにふたりで外出することができて嬉しい。

「誘ってくれてありがとう」

何より、謙信くんの優しさが嬉しい。

きっと、私を気遣っておじいちゃんに頼んでくれたんでしょ？

その気持ちが、一番のプレゼントだ。

感謝の気持ちを伝えたものの、なぜか彼の表情はみるみるうちに曇っていく。

「謙信くん……？」

心配になって声をかけると、彼は私に向かって頭を下げた。

「え、ちょっと謙信くん⁉」

どうして頭を下げるの？　何かあったの？

不安に襲われる中、彼は頭を下げたまま口を開いた。

「この前、たまたま会社に子供を連れて遊びに来ていた綾瀬さんに、会って言われたんだ。すみれが子育てのことで悩んでいるから、話を聞いてあげてほしいって」

「え、沙穂さんが？」

沙穂さんには、子育て上のちょっとした悩みまでなんでも話している。誰かに聞いてもらうことで、また頑張ろうって思えるから。まさかその話を沙穂さんが謙信くんに話していたとは夢にも思わず、びっくりしてしまう。

すると彼はゆっくりと顔を上げ、私をまっすぐ見据えた。

「気づいてやれなくて悪かった」

「そんな……！　気づけなくて当たり前だよ。だって私、謙信くんにそんな話、全くしていなかったんだから」

仕事で忙しい彼には、なんとなく言いづらくて黙っていた。それに、そこまで大きな悩みではなかったから。

なのに、謙信くんは首を横に振る。

「ひとつ屋根の下にいるのに、仕事を理由になかなか話を聞いてやる時間を取れず、気づけなかった俺が悪い。……ごめんな、ひとりでつらい思いをさせて」

「謙信くん……」

やだな、ひとりで育児も家事も完璧にできるように頑張ろうって意気込んでいたのに、彼の言葉ひとつで泣きそうになる。

謙信くんは腕を伸ばし、テーブルの上で私の手をギュッと握りしめた。

「それと、もっと早くに言うべきだった。……俺がここ最近忙しくしていたのは、来月から三ヵ月間だけだけど、育児休暇を取るためだったんだ」

「育児休暇って……謙信くんが⁉」

まさかの話に、声を荒らげてしまう。

「あぁ、父さんにも大雅が生まれる前から言われていたんだ。会社のトップに立つ人間として、まずはお前が率先して育児休暇を取れって。実績を作れば男性社員も今後、育児休暇を取りやすくなるだろうから」

「そうだったんだ……」

確かに、男性で育児休暇を取る人はほとんどいない。

でも、これだけ女性の社会進出が進んでいて、共働き世帯が多いんだもの。男性だって育児休暇を取りたいと思うだろうし、奥さんだって旦那さんに取ってもらえて、一緒に子育てしてくれたら心強いよね。

現に私がそうだから。謙信くんが三ヵ月間、一緒に子育てしてくれると聞いてホッとしている。

私はなんて幸せ者なんだろう。謙信くんと結婚して本当によかった。こんなに私のことを考えて想ってくれる人なんてほかにいないよ。感謝の思いでいっぱいになる。

「大雅が生まれてから、一日中、ずっと一緒にいられるすみれがうらやましいなんて、呑気なことを考えていてごめんな。……四六時中大雅といたら、きっとそんなこと思えなくなるんだろうな」

私の手を握る力を強め、嬉しそうに笑う謙信くんにつられ、私も笑ってしまった。

「うん、きっとうんざりしちゃうかも。大雅って、夜泣きがひどいの。謙信くん、寝不足になるのを覚悟しておいてね」

「……あぁ、わかった」

でも謙信くんとふたりでなら、どんなに大変な子育ても楽しいって思えちゃいそう。

その後、注文を済ませ、騒がしい店内で久し振りの外食を楽しんだ。もちろん私たちが盛り上がっていたのは、ずっと大雅の話題でだった。

この日の夜、三人で私の実家に泊まり、謙信くんの腕の中でスヤスヤと眠る大雅。ふたりでソファに腰掛けて大雅の寝顔を眺める中、改めて謙信くんに感謝の思いを伝えた。

「今日は本当にありがとう。それに育児休暇も」

「当然のことだろ？　俺だって、大雅の父親なんだから」

謙信くんは私の肩に腕を回し、自分のほうに引き寄せた。

「俺もすみれも、子育て初心者なんだ。……ふたりで一緒に成長していこう」

「……うん」

彼の手が私の頭に触れるたびに心地よくて、心がふんわりと温かくなる。

「それと、俺にはなんでも話してほしい。愚痴でも暴言でも聞いてやる。……だから絶対にひとりで抱え込むな。俺が知らないところで、すみれが悩んで苦しんでいたら俺もつらいから」

「謙信くん……」

彼の優しい言葉に、涙が溢れそうになる。

大雅を妊娠してからの私は、ずいぶんと涙脆《もろ》くなった。お腹に宿った命に涙し、初めてエコー写真で大雅を見た時も泣いた。胎動を感じられた時も、生まれた瞬間も、初めて母乳をあげた時も。

でも、悲しくて泣いていたんじゃないもの。いいんだよね、泣いたって。嬉しくて感動したから涙が溢れたんだ。

今だってそう。謙信くんの優しさが嬉しくて、涙がこぼれ落ちた。

「大雅は、どんな人生を歩んでいくんだろうな」

「そうだね。……幸せになってくれるなら、どんな人生でもいいかな」

今はまだ小さくて自分の足で立つことができない大雅も、きっとあっという間に成長して大人になっていくんだろうな。

今からこんなこと考えていたらキリがないけれど、大人になるまで愛情をたっぷり注いで育てたい。

「大雅の成長を、ふたりでしっかり見守っていこう」

「……うん」

私も大雅の成長を、謙信くんと見守っていきたい。

「嘘、あれ？」

あれから少しして、謙信くんが大雅をそっとベビーベッドに寝かせると、いつもは必ず泣きだしていた大雅が熟睡している。

まさかの事態に、驚きを隠せない。

「すごい謙信くん。私が寝かせると、いつも必ず起きちゃってたのに……」

興奮を抑えながら小声で言うと、そんな私の口元に彼は人差し指を当てた。

そのまま彼の人差し指がゆっくりと私の唇を撫でていき、ドキドキしてしまう。

「け、謙信……くん？」

掠れた声で彼の名前を呼ぶと、謙信くんは私の耳元に顔を寄せて囁いた。

「大雅もきっと、俺たちに気を遣ってくれたんだよ。……久し振りにママをたっぷりと愛してあげてって」

「……っ！」

一気に身体中が熱くなる。

すると謙信くんは素早く私の身体を抱き上げ、布団の上に下ろすと覆い被さってきた。そして意地悪な顔で、私を見つめてくる。

「途中で大雅が起きても止められる自信ないから、声は我慢しろよ」

「えっ⁉　……ひゃっ！」

彼の唇が首筋を這った瞬間、思わず声をあげてしまい、慌てて両手で口を塞いだ。

謙信くんを見れば、彼は愉快そうに声を押し殺して笑っている。

「……もう！」

謙信くんの胸元を叩いた手はがっちりつかまれ、「ごめん」と謝りながら甘いキスが落とされた。

久し振りのキスに、自ら彼の首に腕を回して酔いしれる中、ゆっくりと離れていく唇。謙信くんの大きな手が、私の頬を優しく包み込む。

「好きだよ、すみれ。……愛している」

愛の言葉を囁かれ、再び落とされるキス。

私の体調を気遣いながらたくさん愛され、幸せすぎてやっぱりまた泣きそうになってしまう。

それから大雅が起きるまで、布団の中でお互いの温もりを感じ合っていると、彼は幸せそうな顔で言ってきた。「もっと家族を増やしたいな。大雅がお兄ちゃんになる姿が見たい」って。

私もいずれ大雅に兄弟を作ってあげたい。

だから、気持ちが通じ合えているようで嬉しくなって、また泣いてしまうと、謙信くんは「泣き虫だな」と言いながら涙を拭ってくれた。

きっとそんな未来も、遠くないはず。


「すみれ、見ろ！　大雅がお座りしたぞ！」

「嘘、本当に⁉」

洗濯物を干していたベランダから急いでリビングに戻ると、彼の言う通り大雅がひとりでお座りをしていた。

「すごい、大雅。お座りできるようになったんだ」

「本当にすごいよな？　さすが、俺とすみれの子だ」

まるで少年のような笑顔で無邪気に喜ぶ謙信くんに、胸がキュンと鳴る。大雅が可愛いのはもちろんだけれど、子育てを通して一喜一憂する彼の姿を目《ま》の当たりにするたびに、謙信くんも可愛く見えて仕方ない。

彼も今、育児休暇中で、一生懸命、子育てに協力してくれている。お風呂も寝かしつけもしてくれるから、このままじゃ大雅は私より謙信くんに懐いてしまいそう。

「見ろ、すみれ。ベストショットが撮れたぞ」

「本当だ。これ、あとでお義母さんたちとおじいちゃんに送ってあげよう」

「そうだな、喜びそうだ」

大雅が昼寝中、デジカメで撮った大雅の写真をプリントし、アルバムに収めていく。まだ生まれて一年も経っていないのに、写真がたくさん増えた。きっとこれからもっと増えていくんだろうな。……家族が増えたら、さらに。

この先の未来、大変なことも増えるだろうし、つらいこともあると思う。時には謙信くんとケンカしちゃうかもしれない。

でも、そのたびに彼とふたりで乗り越えていきたい。それが夫婦の幸せのかたちだと思うから。

END

あとがき

このたびは、『ワケあって本日より、住み込みで花嫁修業することになりました。』をお手に取ってくださり、ありがとうございました。田崎くるみです。突然の婚約から始まったふたりの恋物語、少しでもお楽しみいただけましたでしょうか？

一途な女の子を書きたい、恋愛を通して成長させたい、という思いから本作は生まれました。

誰だって、嫌なことや苦手なことは避けたいですよね。すみれのように逃げたいと思うはずです。私もそうです。面倒なことは大嫌いですし、嫌な思いもしたくありません。

でも、時には避けて通れないこともあります。嫌でも立ち向かって、乗り越えなくてはいけないことが、生きていればたくさんあるはずです。

その時、どう立ち向かうかによって人生は大きく変わり、自分自身が成長できるか、できないか、幸せになれるか、なれないかが決まるのではないか。そんな思いをこの作品に詰め込みました。

人はなかなか変わることはできませんし、昔のトラウマは消えません。それでも時間は過ぎていき、止まることも戻ることもありません。

でも、大切な人や好きな人がそばにいてくれたら、大きな力になりますよね。すみれのように変わることも勇気を出すことも、未来を切り開くこともできるはずです。

読んでくださった皆様に、すみれを通して何か感じていただけたら嬉しいです。

本作でも大変お世話になった額田様、三好様、スターツ出版の皆様。イメージ通りのふたりを描いてくださった荻原　凛様。そして何より、作品を読んでくださる読者の皆様。本当に本当に、ありがとうございました！

たくさんの方々のお力をお借りして、自分の作品をこうして皆様のお手元にお届けできて幸せです。これからもマイペースではありますが、大好きな恋愛小説を引き続きお届けできるよう、執筆活動を続けていきたいと思います。

またこのような素敵な機会を通して、皆様とお会いできることを願って……。

田崎《たさき》くるみ

田崎くるみ先生への
ファンレターのあて先

〒104-0031
東京都中央区京橋1-3-1
八重洲口大栄ビル7F
スターツ出版株式会社　書籍編集部　気付

田崎くるみ先生

本書へのご意見をお聞かせください

お買い上げいただき、ありがとうございます。
今後の編集の参考にさせていただきますので、
アンケートにお答えいただければ幸いです。

下記URLまたはQRコードから
アンケートページへお入りください。
http://www.berrys-cafe.jp/static/etc/bb

ワケあって本日より、住み込みで
花嫁修業することになりました。

2018年6月10日　初版第1刷発行

著　　者　田崎くるみ
©Kurumi Tasaki 2018

発 行 人　松島 滋
デザイン　カバー　菅野涼子（説話社）
　　　　　フォーマット　hive & co.,ltd.
校　　正　株式会社　文字工房燦光
編　　集　額田百合　加藤ゆりの　三好技知（すべて説話社）
編集協力　後藤理恵
発 行 所　スターツ出版株式会社
〒104-0031
東京都中央区京橋1-3-1　八重洲口大栄ビル7F
TEL　販売部　03-6202-0386（ご注文等に関するお問い合わせ）
URL　http://starts-pub.jp/
印 刷 所　大日本印刷株式会社

Printed in Japan

乱丁・落丁などの不良品はお取替えいたします。
上記販売部までお問い合わせください。
定価はカバーに記載されています。

ISBN 978-4-8137-0472-0　C0193

小説サイト
Berry's Cafeの人気作品がボイスドラマ化！
豪華声優陣が出演!!
溺愛ボイスドラマ×ベリーズ男子
俺様すぎる
強引社長
CV:増田俊樹
とことん溺甘！
グイグイ
秘書室室長
CV:梅原裕一郎
隠れドS!?
溺愛系御曹司
CV:石川界人
『キミは許婚』
by 春奈真実
『秘書室室長がグイグイ迫ってきます！』by 佐倉伊織
『副社長は溺愛御曹司』
by 西ナナヲ
2018年2月上旬より順次リリース！
1話はすべて完全無料！
App Store からダウンロード
Google Play で手に入れよう
アプリストアまたはウェブブラウザで
ベリーズ男子
検索
【全話購入特典】
・特別ボイスドラマ
・ベリーズカフェで読める書き下ろしアフターストーリー
最新情報は
公式サイトを
チェック！
※AppleおよびAppleロゴは米国その他の国で登録されたApple Inc.の商標です。App StoreはApple Inc.のサービスマークです。※Google PlayおよびGoogle Playロゴは、Google LLCの商標です。

ベリーズ文庫 2018年7月発売予定

書店店頭にご希望の本がない場合は、
書店にてご注文いただけます。

『Primary Stage～ようこそ、俺の花嫁さん～』

未華空央《みはなそらお》・著

Now Printing

叔母の結婚式場で働くのどかに突然縁談話が舞い込む。相手はライバル企業のイケメン社長・園咲。断れば式場を奪われると知って仕方なく了承するが、強引な始まりとは裏腹に園咲はのどかを溺愛。次第にのどかも彼に惹かれていく。でも、園咲にはある秘密が…!?

ISBN9784-8137-0490-4／予価600円＋税

『悪魔と愛を語ってみようか』

西《にし》ナナヲ・著

Now Printing

派遣会社で働く美鈴。クライアントの伊吹は容姿端麗だが仕事に厳しく、衝突ばかり。自分は嫌われていると思っていたけど――。「俺はお前を嫌いじゃないよ」。ある日を境に、冷徹だった伊吹が男の顔を見せ始める。意地悪ながらも甘い特別扱いに胸が高鳴って…!?

ISBN9784-8137-0491-1／予価600円＋税

『過保護な愛にジェラシーを』

紅《くれない》カオル・著

Now Printing

総務部勤務の凜々子はある日、親友からホテルラウンジのチケットを渡される。そこに居たピアノを弾くイケメン男性に突然連れられ一夜を過ごすことに。週明けに社長室に出向くと、なぜか「付き合え」と強引に迫られるが、その社長こそ偶然にも、ホテルで出会った彼で!?

ISBN978-4-8137-0487-4／予価600円＋税

『没落伯爵令嬢の幸福な結末』

友野紅子《とものこうこ》・著

Now Printing

両親をなくし、没落しかけた伯爵令嬢のシンシアは、姉と姉婿と三人暮らしだったが義兄の浪費により、家計は火の車。召使いのように過ごしていたが、ある日義兄によって売り飛ばされてしまう。絶望したシンシアだったが、主人となったのはかつての憧れの人で…!?

ISBN9784-8137-0492-8／予価600円＋税

『緊急ドクターコール！～天才外科医と熱愛中～』

真彩《まあや》-mahya-・著

Now Printing

交通事故に遭った地味OLの花穂。目覚めると右足骨折の手術後で、執刀医が、亡くなった父の担当医で、憧れだった天才外科医・黒崎と知り、再会にときめく。しかも退院時「またケガをするといけない」と彼の家に連れていかれ、ご飯にお風呂にと過保護に世話をされ…!?

ISBN9784-8137-0488-1／予価600円＋税

『愛され王女の政略結婚～冷酷な王は愛を知る～』

櫻井《さくらい》みこと・著

Now Printing

強国との戦いに敗れた小国の第二王女・リーレは人質として国王・レイドロスに攫われる。明るく振る舞いながらも心で泣き叫ぶリーレだったが「お前を娶る」とまさかの求婚宣言！　愛のない政略結婚だと割り切るリーレだったが、彼の寵愛に溺れていき…。

ISBN9784-8137-0493-5／予価600円＋税

『打算と情熱のあいだ』

悠木《ゆうき》にこら・著

Now Printing

執事の田中とふたり暮らしをすることになった令嬢の燁子。クールな彼が時折見せる甘い顔に翻弄されつつも惹かれていく。ある日、田中がとある企業のCEOだと発覚！しかも父の会社との資本提携を狙っていて…。優しく迫ってきたのは政略結婚するためだったの…？

ISBN9784-8137-0489-8／予価600円＋税

ベリーズ文庫 2018年6月発売

書店店頭にご希望の本がない場合は、
書店にてご注文いただけます。

『ワケあって本日より、住み込みで花嫁修業することになりました。』

田崎《たさき》くるみ・著

OLのすみれは幼なじみで副社長の謙信に片想い中。ある日、突然の縁談が来たと思ったら…相手はなんと謙信！　急なことに戸惑う中、同居＆花嫁修業することに。度々甘く迫ってくる彼に、想いはますます募っていく。けれど、この婚約にはある隠された事情があって…？

ISBN978-4-8137-0472-0／定価：本体640円＋税

『極上スイートオフィス 御曹司の独占愛』

砂原雑音《すなはらのいず》・著

菓子メーカー勤務の真帆は仕事一筋。そこへ容姿端麗のエリート御曹司・朝比奈が上司としてやってくる。以前から朝比奈に恋心を抱いていた真帆だが、ワケあって彼とは気まずい関係。それなのに朝比奈は甘い言葉と態度で急接近。「君以外はいらない」と抱きしめてきて…!?

ISBN978-4-8137-0473-7／定価：本体640円＋税

『イジワル外科医の熱愛ロマンス』

水守恵蓮《みずもりえれん》・著

雫が医療秘書を務める心臓外科医局に新任ドクターの祐がやってきた。彼は大病院のイケメン御曹司で、形ばかりの元婚約者。祐は雫から婚約解消したことが気に入らず、「俺に惚れ込ませてやる、覚悟しろ」と宣言。キスをしたり抱きしめたりと甘すぎる復讐が始まり…!?

ISBN978-4-8137-0469-0／定価：本体640円＋税

『軍人皇帝の幼妻育成～貴方色に染められて～』

桃城猫緒《ももしろねこお》・著

王女・シーラは、ある日突然、強国の皇帝・アドルフと結婚することに。ワケあって山奥の教会で育てられたシーラは年齢以上に幼い。そんな純真無垢な彼女を娶ったアドルフは、妻への教育を開始！　大人の女性へと変貌する幼妻と独占欲強めな軍人皇帝の新婚物語。

ISBN978-4-8137-0474-4／定価：本体650円＋税

『クールな副社長の甘やかな求婚』

木村咲《きむらさき》・著

花屋で働く女子・四葉は突然、会社の上司でエリート副社長の涼から告白される。「この恋は秘密な」とクールな表情を崩さない涼だったが、ある出来事を境に、四葉は独占欲たっぷりに迫られるように。しかしある日、涼の隣で仲良くする美人同僚に出会ってしまい…!?

ISBN978-4-8137-0470-6／定価：本体640円+税

『王太子の揺るぎなき独占愛』

惣領莉沙《そうりょうりさ》・著

王太子レオンに憧れを抱いてきた分家の娘サヤはある日突然王妃に選ばれる。「王妃はサヤ以外に考えられない」と国王に直談判、愛しさを隠さないレオン。「ダンスもキスも、それ以外も。俺が全部教えてやる」と寵愛が止まらない。しかしレオンに命の危険が迫り…!?

ISBN978-4-8137-0475-1／定価：本体640円＋税

『結論、保護欲高めの社長は甘い狼である。』

葉月《はづき》りゅう・著

商品開発をしている綺代は、白衣に眼鏡で実験好きな、いわゆるリケジョ。周囲の結婚ラッシュに焦り、相談所に入会するも大失敗。帰り道、思い切りぶつかった相手がなんと自社の若きイケメン社長！「付き合ってほしい。君が必要なんだ」といきなり迫られて…!?

ISBN978-4-8137-0471-3／定価：本体640円＋税